赤の精霊
火を操る大精霊。
男勝りで、
頼りがいがある。
青の精霊
水を操る大精霊。
包容力があり、
精霊の中では
お姉さん的な存在。
カイル
マイペースな転生者。
ハイエルフに生まれ変わってから
358年もの間里に引きこもり続け、
魔術や武術の腕を
磨いてきた。
レイア
カイルの姉。
実力派冒険者パーティ
《月華の剣》のリーダーを務める。
凛とした女性で、
男女問わずファンが多い。

黄の精霊
大地を操る大精霊。
美味しい物には
目がない。
アーシャ
幼き竜巫女。
好奇心旺盛で
人懐っこいが、
その身に宿す力は
規格外!!
ガイウス
火竜の因子を持つ竜人族《ドラゴニュート》。
武術の腕はカイルをも
凌駕する!?
緑の精霊
風を操る大精霊。
しっかり者で、
研究好き。

序章　帰還

不摂生《ふせっせい》が祟《たた》り、日本で過ごした俺の一度目の人生は終わりを迎えた。

そしてエルフのカイルとして享《う》けた、第二の生。

のんびりしきれなかった一度目の人生における心残りを晴らすかのごとく、故郷《こきょう》であるエルフの隠れ里に引きこもり、魔術や武術の研究などに明け暮れる毎日を過ごしていたのだが……それを心配した家族に外の世界を見てくるようにと、半《なか》ば強制的に精霊様と共に旅に出させられてしまう。

……つい最近のことのはずなのに、それからがあまりにも激動過ぎて、遠い昔の話のように思えるな。

ひとまず里を出てからの出来事を、順を追って整理しよう。

俺が契約している、この世界における超高位存在の精霊様方と共に向かったのはウルカーシュ帝国。

何日か帝国を観光して、里までゆっくりと帰れば、里のみんなも満足してくれるだろうか……なんて考えていたが、甘かった。

母さんの差し金で、帝国に送り込まれていたレイア姉さんとそのパーティ《月華《げっか》の剣《つるぎ》》に捕まり、任務を手伝わされることになってしまう。

その任務とは北の森で魔物の目撃例が増えている理由を調査すること。森に棲《す》む魔物を退《しりぞ》けつつ進み――最奥で、これまでの魔物とは一線を画す実力を持った赤錆色《あかさびいろ》のオーガ、三つ目のトロールの二体と相まみえる。

俺はオーガと、姉さんたちはトロールと、すぐさま戦闘になった。

オーガは強かった。だが、俺を上回るほどではない。

激しい戦いの中、段々とオーガは追い詰められていき……唐突に進化を遂《と》げた。

その原因は、禍々《まがまが》しい魔力の輪。それに乗っ取られ、オーガは魔王種《まおうしゅ》へと進化したのだ。

手段を選んでいられなかった俺は、自分の肉体を原子レベルで精霊に近しいものに組成し直すことで強化し、辛《から》くも撃破《げきは》。その間に姉さんたちもどうにかトロールを倒していた。

しかしその後、精霊様方に衝撃《しょうげき》の事実を告《つ》げられる。

魔力の輪を形成していたのは、悪神《あくしん》の魔力であり、これが森の異常の原因だったのだ。

そして、体内に取り込むことで使えるようになる『悪神の肉片』が世に出回っているかもしれないという可能性すら示唆《しさ》された。

そして数日後、帝国内にある城塞《じょうさい》都市メリオスの主《あるじ》、フォルセ・メリオス辺境伯から依頼が降ってくる。その内容とは『帝国と友好関係にあるベレタート王国がテミロス聖国と戦争になるため、《月華の剣》と共に応援に行くべし』というもの。

テミロス聖国は悪神と関わりがあるのではないかと睨んでいた俺は、その尻尾《しっぽ》を掴《つか》むことが出来るかもしれないと思いつつ、戦地に赴《おもむ》いた。

ベレタート王国の戦士が優秀だったこともあり、戦争は優勢のまま進んだ。

だが、やがて敵の上役《うわやく》——聖騎士《せいきし》が悪神の肉片を喰らい、次々に不気味な巨人へと姿を変え始めた。

本来であれば倒せそうにない相手だったが、巨人がこの世界そのものの秩序《ちつじょ》を乱す悪《あ》しき存在だと判断した精霊様方が力を貸してくれたんだよな。

黄の精霊様と同化しつつ、異空間で敵を屠《ほふ》り切った俺が戦場に戻ると……戦いは終結していた。

総勢十万のテミロスの軍勢は、約三万にまでその数を減らしたらしく、撤退を選んだ、とのこと。

だが、奴らはしぶとくも勢力を拡大しようと動いているらしい。

とはいえ、ひとまずは一件落着。俺らはメリオスに戻ってきた。

第一話　竜の隠れ里

テミロス聖国との戦いが終わってから、四ヶ月が経《た》った。

メリオスに戻ってから暫《しばら》くの間は、依頼をこなしながら、暇《ひま》さえあれば孤児院の子供たちに会いに行っている。

依頼で偶然赴いた先の孤児院が、今では俺の帰る場所。

そこに住む子供たちや、俺が贈《おく》った自律的に動き回る動物の形をしたスライム――スライムアニマルと遊んでいる時が、一番心休まる瞬間なのだ。

フォルセさんには戦争について聞くためという名目で時々呼び出されたが、テミロスが目立った動きを見せなくなると、その頻度《ひんど》も低くなっていって、最近はとんと呼ばれなくなった。

後は……ガイウスさんに依頼されて、数日に一回大量に料理を作っていることくらいだろうか。

ガイウスさんは《月華の剣》のメンバーの一人であるモイラさんの兄。俺と同じく、世界の均衡《きんこう》を守るために特殊な力を揮《ふる》うことを許された者――調停者《ちょうていしゃ》である。

テミロス聖国の一件を知り、戦争が終わった後に俺らに合流してきたガイウスさんは、そのままウルカーシュ帝国に一緒に帰ってきた。

ガイウスさんは現在、レスリー兄さんの家の一室を間借りして暮らしている。

一人でダンジョンに潜り、当座の生活費などの資金を確保して、メリオスの至る所にある屋台で食べ歩きを楽しむ、なんていう優雅《ゆうが》な生活を送っているらしい。

だがモイラさんが毎回のようにしれっとそれについていき、『お兄ちゃんなんだから奢《おご》ってよね』ってな具合でたかるせいで、ガイウスさんの財布の中身がえらいことになっているらしい。

力も気も強いモイラさんに文句を言うことなど出来るはずもないので、俺は彼女のために食事を大量に作ることでガイウスさんの財布を守ることになったのである。

一緒に依頼をこなした時にも思ったが、モイラさんたちの食に関する嗅覚《きゅうかく》はすさまじい。

甘いものを作ると、モイラさんと……なぜか《月華の剣》メンバーのユリアさんまで当然のように食卓に座って待機しているんだから。

しかし俺は何も言わずに二人分の甘味《かんみ》を作り、食卓の上にそっと置き、無言で行われるおかわりの要求を静かに受け入れ、無心でおかわりを作り続ける他ない。

二人が満足していなくなるまで、嵐《あらし》が過ぎ去るのを待つのみだ。

黙っているのが賢《かしこ》い時もある。

そんなある日、俺と《月華の剣》は『話がある』とガイウスさんに集められた。

「それで？　話とは何だ？」

姉さんの問いかけに対してガイウスさんが右手を上げて制して、モイラさんの方を向く。

「モイラ、近々鎮魂《ちんこん》の儀《ぎ》が里で行われる。今回は参加するのか？」

ガイウスさんの言葉に、モイラさんは少し不機嫌《ふきげん》そうに言う。

「当然だ。前回の鎮魂の儀は、ガーゴイルのクソ野郎のせいで緊急招集をかけられて里に戻れなかったからな。あの時も出来ることなら参加したかったさ」

姉さんたちは以前、悪神の眷属《けんぞく》であり、過激派に属しているガーゴイルと敵対した経験があると言っていた。

そのことだろうか。

ガイウスさんはモイラさんを宥《なだ》めるように言う。

「分かっている。その件に関しては俺からも報告したし、里の家族の中には元冒険者もいる。仕方がないとみんな納得していたよ」

二人だけにしか分からない話題になりかけている所に、姉さんが待ったをかける。

「話を遮《さえぎ》って悪いな。ただ里帰りの相談をするだけなら、モイラと二人で話してくれ」

ガイウスさんはそれに対して、「すまん、これはみんなにも関わりのある話なんだ。用件に入るとするよ」と話を本筋に戻す。

「今回俺らの里帰りにみんなもついてきてくれないかと思って、こうして話をする場を設けさせてもらった。どうだ？」

ガイウスさんの突然の提案に俺たちは驚《おどろ》く。

その理由は里帰りをしようと誘われたこと自体ではない。

代表して、リナさんがそれを口にする。

「でも、貴方《あなた》たちの故郷って隠れ里よね？」

そう、リナさんの言う通りガイウスさんとモイラさんの故郷は、そこに住んでいる者以外に所在を知られてはならない、隠れ里なのだ。

しかし、ガイウスさんは首を縦《たて》に振る。

「その点に関しては大丈夫だ。事前に長老たちの方から許可はもらっている。レイアたちの意思は尊重《そんちょう》するが、俺としては一緒に来てほしいと思ってるよ」

そう告げると、ガイウスさんはモイラさんと、彼らの家族についての話をし始めてしまった。

俺たちは俺たちで、竜人族《ドラゴニュート》の隠れ里に行くかどうかの話し合いを始める。

姉さんたちは長期の護衛依頼を終えたばかりなので、ギルドの方から直近で指名依頼や緊急性の高い依頼を頼まれることはないらしく、予定は空いている。

俺の方も別段急ぎの用はないので、孤児院の子供たちやメリオスで仲良くなった人たちに、再びウルカーシュを離れることを説明する時間さえもらえれば問題はない。

折角ならご厚意に甘えようか、という結論になった。

そんな風に話がまとまったのを見計《みはか》らって、俺は言う。

「それでは俺は、子供たちに出かけることを伝えてくるよ」

「分かった。後のことは任せろ」

そう答えてくれた姉さんに後のことを頼んで、孤児院に向かうために家を出た。


数分歩いて、ダモナ教会へと到着した。

孤児院は、この教会の敷地内にあるのだ。

チャイムを鳴らし、シスターであるエマさんに出迎えられて、教会に併設された孤児院へと向かう。そして子供たちの賑《にぎ》やかな声のする、庭へ足を運ぶ。

道中、「ちょっと野暮用《やぼよう》で帝国を離れるので挨拶《あいさつ》をしたくて」と伝えると、エマさんは「お忙しいのですね、お気を付けて」と返してくれた。

庭では、子供たちがスライムアニマルたちと戯《たわむ》れている。

俺に気付くとスライムアニマルを抱えて駆け寄ってきた。

「ちょっと用事があって、少しの間ここには来られなくなってしまうんだ」

そう告げると、子供たちは一様に寂《さび》しそうな表情になった。

なんなら泣き出してしまう子もいる。

泣いているのは、冒険者や軍の兵士を親に持っていた子供たち。

きっと、出かけていった親が亡くなってしまったことを思い出したのだろう。

そんな子たちを、他の子供やスライムアニマルたちが慰《なぐさ》めている。

隠れ里は存在自体が秘匿《ひとく》されているので、行き先を伝えられないのは辛《つら》いところだ。

気休めでしかないが、「危険なところに行くわけじゃないから、大丈夫だよ」とだけ言う。

それでも泣き止まない子供たちを見て、俺は『危険はないだろうが、ちゃんと帰ってこなくてはな』と決意を新たにするのだった。


次いで、この孤児院を管理しているリムリットさんの部屋に挨拶しに行く。

エマさんや子供たちにしたのと同様の説明をすると、リムリットさんは優しく微笑《ほほえ》む。

「まあ、どういった用事なのかは深くは聞くまい。ただ、前回の戦いは大変だったという噂《うわさ》を聞いた。命あっての物種《ものだね》だ。危なかったらすぐに逃げな」

リムリットさんは初めて会った時は奔放《ほんぽう》で適当な印象を受けたものだったが、実際はかなり人情に厚いのだと、数ヶ月の付き合いながら俺は知っている。

また、エマさんもそんなリムリットさんの言葉に大きく頷《うなず》く。

「そうです。子供たちも私たちもみんな、カイルさんのお帰りを待ってますから」

俺は、そんな二人の顔をしっかりと見て答える。

「はい、ありがとうございます。俺も死ぬのは嫌ですから、逃げる時はさっさと逃げますよ。安心してください。もっとも、それほど危険な用事ってわけでもないですし、大丈夫だとは思いますが」

それからひとしきり世間話をして、俺は孤児院を後にした。

子供たちやスライムアニマルたち、エマさんやリムリットさんは、俺の姿が見えなくなるまで手を振って見送ってくれた。

俺はそれに笑顔で手を振り返してから、寄り道せず真っ直ぐに兄さんの屋敷まで戻る。

スライムアニマルたちが家族のようにみんなに大切にされ、可愛《かわい》がられている光景は、生みの親として何度見ても嬉《うれ》しいものだ、なんて思いながら。

◇　◇　◇　◇

「それじゃあ、俺についてきてくれ」

そう口にして先導するガイウスさんの背中に、俺らはついていく。

里帰りへの同行を打診されてから二日後。

俺らは竜人族の隠れ里のあるニシル山に向かって、移動していた。

メリオスを出て暫くは魔力によって脚力を強化し、猛スピードで進む。

今回は魔物や魔獣を狩ることが目的ではないので、戦闘する必要もないしな。

ニシル山はウルカーシュ帝国の南に位置する巨大な山脈の中で、一番高い山。標高は八千メートル以上あり、前世の山で言うならエベレスト並みだ。

それを竜人族の祖先たちが開拓していき、結界を張って定住したのが竜人族の里の始まりだと、移動しながらガイウスさんは語る。

「竜種の方々は、祖先たちが生活をし始めて何年か経った頃に突如として現れた。そして徐々にお力を貸してくれるようになったと伝えられている」

俺はガイウスさんに質問する。

「竜種と関わり始めて、どのくらいの年月が経っているんですか？」

「少なくとも五百年以上前から交流があったはずだ。まあ、竜種について記載された現存する書物の中で最古の書物が五百年以上前の物ってだけで、それ以前からも交流自体はあったんだろうがな」

それからも俺とガイウスさんは、移動しながら竜人族や竜種についての様々な話をし続けた。

だがしばらくして、モイラさんとユリアさんの食いしん坊ペアを筆頭に、《月華の剣》の面々が「お腹空いたー！」「もうそろそろご飯にしようよー！」などと激しく催促《さいそく》してきたため、昼食を摂ることに。

俺はテントを出す。

すると、初めてテントを見たガイウスさんが、興奮《こうふん》したように幾つもの質問を投げかけてきた。

だが、作業を止めて質問にゆったりと答えていたら、《月華の剣》の面々からどんな仕打ちを受けるか分かったものではない。

質問にしっかり答えてガイウスさんの興奮を鎮《しず》めつつ、料理を作るというマルチタスクを課される俺だった。


その後も特に問題はなく、調子よく進み続けること四日。

ニシル山の麓《ふもと》辺りで、ガイウスさんは足を止めた。

「兄貴、どうしたんだ？」

突然足を止めたガイウスさんにモイラさんがそう問いかける。

ガイウスさんはモイラさんに「ちょっと待て」と返して、周囲の様子を探る。

「ここが合流地点になっているんだが…………来たな」

そんなガイウスさんの言葉に次いで、バサバサという音が耳朶《じだ》を打つ。

ガイウスさんの視線を追って上空を見ると、七体のワイバーンが下りてこようとしているところだった。

ワイバーンたちは、ゆっくりと俺たちの周囲に着地する。

それを見ながら、翼《つばさ》の音にかき消されないよう少し声のボリュームを上げ、ガイウスさんが言う。

「ワイバーンは亜竜《ありゅう》に類される翼竜《よくりゅう》で、竜種たちから言わせると『知能があまり高くない、愛すべきおバカな子供のような存在』なんだとよ。今回は移動の足として竜種の方々がこいつらを派遣《はけん》してくれたんだ」

「ありがたい話ですね。ワイバーンの背中に乗るなんて初めてですよ」

そう答えた俺に微笑んでから、ガイウスさんはみんなに言う。

「この七体は比較的大人しい個体だから、遠慮《えんりょ》せずに背中に乗ってくれ」

姉さんたちは、すぐさまワイバーンの背中によじ登る。

本当に遠慮しないな……と姉さんたちを横目に見ながら、俺も傍《そば》で静かに待ってくれているワイバーンの背中に乗らせてもらう。

「短い時間かもしれないが、空の旅を楽しんでくれ」

そう口にしたガイウスさんとモイラさんが、またがるワイバーンの首筋をそれぞれ撫《な》でると、それを合図にしてワイバーンが飛び立つ。

それを追うようにして、俺たちが乗ったワイバーンたちも一斉に翼をはためかせて空へ。

こうして、ガイウスさんとモイラさんを先頭にして、ゆったりとした空の旅が始まった。

先程もガイウスさんに言ったが、ワイバーンに乗って空を飛ぶなんて初めての経験。

青く澄《す》んだ空をバックに雄大な大自然を眺《なが》めるというのは、なるほど贅沢《ぜいたく》な体験である。

風に煽《あお》られて転落するなんてことがないよう、ワイバーンが翼を使って上手く風から守ってくれているようで、想像したよりも快適だ。


五分ほどそうして飛行を続けたところで、ワイバーンは下降を始める。

恐らくもう隠れ里に着いたということなのだろう。

少し名残《なごり》惜しく思いながらも、ワイバーンがゆっくりと着陸するのを待って、俺らは地上に降りた。

「ここが、竜人族の隠れ里か?」

姉さんの問いかけに、ガイウスさんとモイラさんが頷いて肯定する。

隠れ里は堅牢《けんろう》な城壁《じょうへき》に囲まれており、そこには体が大きい竜種でも余裕で通れるであろう、両開きの巨大な城門が設《しつら》えられていた。

俺はそれを見ながらも、ポーチから竜種用の食事を取り出す。

これは里の近くの土竜《どりゅう》の長《おさ》――ボーデンさんのお墨《すみ》付きなので、きっと気に入ってくれるだろう。

ワイバーンはすんすんと匂《にお》いを嗅《か》いでから、俺が渡した食事を口にする。どうやら喜んでくれたようで、いい食いっぷりだ。

他のワイバーンたちも俺の周りに群がってきたので、彼らにも食事を振る舞った。

すると、聞き覚えのない声が聞こえてくる。

「ワイバーンがここまで嬉しそうにしているのは、私も初めて見ますな」

声がした方を見ると、赤髪《あかがみ》・赤目の竜人族のお爺《じい》さんが隠れ里の城門の前に立っていた。

彼は、食事を楽しむワイバーンたちを優しく見守っている。

ふと周りを見回す。

姉さんたちは既に里の中へと案内されており、俺の傍にはガイウスさんしかいない。

どうやらワイバーンたちに食事を与えるのに夢中になっている間に姉さんたちは里へ入り、ガイウスさんだけが俺を待っていてくれた、というわけらしい。

俺とガイウスさんは竜人族のお爺さんの方へ歩いていく。

門を潜《くぐ》り、お爺さんの後をついていくと、綺麗《きれい》に整備されている広場に出た。

◇　◇　◇　◇

見渡す限り竜、竜、竜。

多数を占めるのは、火の属性を司《つかさど》る赤き竜種だが、それ以外にも色とりどりの竜種がいる。

彼らは、歓迎《かんげい》の咆哮《ほうこう》を空に向けて放つ。

俺はそんな光景に、素直に感動していた。

ここまでの数の竜種が集まっている光景は珍《めずら》しい。それも属性の異なる竜種が集まっているなんていうのは非常に稀《まれ》なことだ。

竜人族の隠れ里——竜人族と、その始祖である竜種が集う竜の楽園。

彼らにとってここは非常に大事な場所なのだろう。

俺は、そんなことを思いながら姉さんたちと合流した。

咆哮が止むと、竜人族のお爺さんが俺たちに話しかけてくる。

「我らが里へようこそ、モイラのご友人たち」

「正式に招待されたとはいえ、大事な儀式の前に押しかけることになって申し訳ない」

レイア姉さんの返答に、竜人族のお爺さんは首を横に振る。

「気にする必要はありませんよ。鎮魂の儀が行われるのは少し先ですし、準備もほぼ終わっています。それに、今回は中々帰ってこないモイラの里帰りも兼《か》ねていますからの」

竜人族のお爺さんは、モイラさんの顔を見て嬉しそうにする。

それを見て、姉さんは少し声を柔《やわ》らかくする。

「それならいいのだが……」

「ヘクトル殿《どの》とルイス殿には、そちらの隠れ里にモイラがお邪魔《じゃま》した際に色々と便宜《べんぎ》を図ってもらいましたからな。その時の御恩《ごおん》を、今回お返しさせていただくだけです」

「感謝する」

そんな姉さんの言葉を聞き、お爺さんは踵《きびす》を返す。

俺はかつて《月華の剣》が、俺と姉さんの故郷——エルフの隠れ里を訪れた時のことを思い出す。

当時俺は精霊様方や、師匠であるヘクトル爺とルイス姉さんに『隠れ里の位置を外部の者に知られてもいいのか』と聞きに行った。

その時に二人が口を揃《そろ》えて『彼女たちもまた、我々と同じで重要な役割を担っている。いわば、我々からすれば持ちつ持たれつの関係だ。友好な関係を築くことが大事である』みたいなことを言っていたのだ。

モイラさんは幻想種《げんそうしゅ》・竜人族、ユリアさんは獣人・狐人族《きつねひとぞく》、リナさんは悪魔種《あくましゅ》・夢魔族《むまぞく》の純血種、セインさんは幻想種・妖精族《ようせいぞく》――というように、《月華の剣》のメンバーはそれぞれがやんごとなき血統を持っている。それを知っている今では、あの時の二人の発言は妥当だと感じるな。

もっとも、それらの種族は人類種の過激派である人間族至上主義が毛嫌いする亜人に類するため、普段は偽装魔術によって人間族の姿を装《よそお》っているのだが。

俺は改めて周囲を見回す。

すると、見覚えのある全身が緑色の翼竜がいるのを発見した。

実は俺と精霊様方は以前、ウルカーシュ帝国へと向かう旅の途中で風竜《ふうりゅう》を手助けしていたのだが、その相手こそが彼、ティフォンさんである。

彼は若草色の鱗《うろこ》を持つ、風の属性を司る風竜の中でも上位に当たる力量を持った個体だ。

俺が視線を送っていると、ティフォンさんはそれに気付き、こちらに近づいてくると念話で話しかけてくる。

『久しいな。エルフの少年』

「お久し振りです。その後は大丈夫でしたか？」

『ああ、無事に孫に会えたし、若い者たちも落ち着いているよ。それよりも、貴兄《きけい》は少し……存在が変質してはいないか？』

「実は、あるオーガとの戦いの中で武装付与っていう魔術を使ったら、体内の魔力組成が変わってしまいまして――」

俺は彼と別れてから巻き込まれた騒動について語る。

森の中で出会ったオーガとの戦闘から、悪神について、テミロス聖国との戦いに関することまで。

どうやら俺の話はティフォンさんだけでなく、竜人族の方々や竜種の興味も引いたようだ。

彼らも会話に交ざり始め、なんだか大規模な井戸端会議《いどばたかいぎ》みたいになってしまった。

◇　◇　◇　◇

「初めまして、モイラのご友人たち。私の名はアイロス。この里の長を務めており、そこにいるモイラとガイウスの祖父に当たります」

そう名乗る竜人族のお爺さん――アイロスさんに、俺たちも軽く自己紹介をする。

それからはなんとなく雑談する流れに。

モイラさんが真っ先にアイロスさんの傍《かたわ》らに移動した。

俺は姉さんとこれからの予定について話しながら、モイラさんの様子を窺《うかが》う。

モイラさんはアイロスさんに、嬉しそうに近況報告をしているようだ。

久々の再会だし、積もる話もあるのだろう。

それから少しして、モイラさんとの会話を終えたアイロスさんが近づいてくる。

「カイル殿。ヘクトル殿やルイス殿はお元気ですかな？」

口元に薄《うす》く笑みを湛《たた》えながら言うアイロスさんに、俺も微笑んで答える。

「俺が里を離れる直前まで楽しそうに喧嘩《けんか》してたくらいには、十分に元気でしたよ」

「ははは、そうですか。それは何よりですな。お二人には昔何度か助けていただいたことがありまして、いつかお礼を言いたいと思っているんです。まあ、色々と忙しくて里から遠く離れることが出来ず、中々時間を作れていないんですが……」

アイロスさんは遠くを見るような目をして、少し寂しそうにしながらそう口にした。

俺は提案する。

「よろしければ、あの二人がこちらに顔を出せないか俺の方から聞いておきましょうか？」

「差し支えがなければお願いしたいのですが……よろしいのですか？　本来ならこちらから出向くのが筋《すじ》でしょうし、お二人もお忙しいのでは？」

アイロスさんは驚きつつも、嬉しそうに聞き返してきた。

俺は首を縦に振る。

「ええ、大丈夫ですよ。アイロスさんが会いたがっていると知れば、二人とも喜んで来ると思いますよ」

「では、お願い出来ますか？」

「任せてください」

「ありがとうございます。私と同じ年頃の民の中には他にもお二人に助けられた者が多くいますので、彼らも喜ぶことでしょう」

アイロスさんはそう口にして、お爺さんの竜人族が集まる一角に浮かれたような足取りで向かっていく。

二人が里を訪れるだろうことをアイロスさんが伝えると、そこにいるみんなが嬉しそうな表情を浮かべた。周囲で話を聞いていた竜種も抑えきれない嬉しさを爆発させるように歓声を上げる。

ガイウスさんとはこの里帰りが終わったらしばらくは会わないだろうし、再会する度に心から喜べるような、親しい友人であり続けたいと素直に思った。


それから数十分ほどして、ガイウスさんがモイラさんと連れ立って、俺らを呼びに来た。

「宿の方に案内するからついてきてくれ」とのことだ。

俺らは竜種に軽く別れの挨拶をしてから、二人の先導で宿泊場所へと向かう。

先頭を歩くガイウスさんが足を止めたのは、里の中心部からほど近い、小さい湖《みずうみ》のすぐ傍に建てられた、少し大き目な一軒家の屋敷。静かで、情緒がある。

想像よりかなり良い建物だったため、「ここを使って本当にいいのか？」と姉さんが確認するが、ガイウスさんとモイラさん曰く「特に問題はない」とのこと。

二人が言うには、元々ここは客人をもてなすための宿泊場所なのだそうだ。

余所様《よそさま》の隠れ里にお邪魔するのは初めてのことなので、このレベルの建物を使わせてもらっていいのか、俺には正直分からない。

まぁ、各地を渡り歩く冒険者の姉さんたちの判断に従えば、間違いはあるまい。

「里に滞在《たいざい》している間は、ここを自由に使ってもらって構わないよ。清掃などを行う世話係も、こちらから何人か派遣させてもらうつもりだ。モイラはこっちで過ごしてもいいし、家に戻ってきてもいいぞ」

ガイウスさんの言葉を聞いて、モイラさんは言う。

「私はレイアたちとここで寝泊まりする。レイアたちだけカイルの美味《おい》しいご飯を楽しむのは許せないからな。祖父《じい》さんたちには兄貴からその旨を伝えといてくれ」

「分かった」

「ガイウス。ここまで至れり尽くせりで本当に大丈夫なのか？」

姉さんが心配そうに言うが、ガイウスさんは苦笑する。

「本当に大丈夫だ。それに、世話を焼きたがっている者がいるんだ。断ったらそれこそよろしくない。そういう者は、お前の里にもいるだろう？」

ガイウスさんの言葉に、俺はエルフの隠れ里にもそのような人たちがいたことを思い出す。

何かにつけて世話したがる、いわば世話のベテランたちは長老衆にも生活習慣を改めるよう苦言を呈《てい》していた。そんな彼女たちに世話をやめるよう言うのは、生き甲斐《がい》を奪《うば》うも同然だし、それ以前に聞く耳を持たないだろうな。

姉さんも同じようなことを考えていたのだろう。俺らは顔を見合わせて苦笑する。

俺らが納得したのを察したガイウスさんは屋敷の方を向く。

「では、屋敷の中を案内するよ」

こうして俺らは、屋敷の中へと足を踏《ふ》み入れた。

ぐるっと一周、ガイウスさんの案内で屋敷内を巡った感想は、「豪華《ごうか》だ……」の一言に尽きる。

五人くらい同時に立てる広々としたキッチンに、十人なら余裕で入れそうなお風呂場、各個室や談話室も充実している。

大人数での宿泊を想定した造りになっているのはもちろん、パーソナルスペースが大きく取られているのが、俺としては嬉しいところだ。

ガイウスさんによる案内が終わり、誰がどの部屋を寝室として使うかを相談して決めた後に、広々とした居間にてティーブレイクをすることに。

俺は紅茶を飲んで一息吐く。

喉《のど》を潤《うるお》して落ち着いた所で、気になっていたが聞けていなかったことを尋ねてみる。

「ところで、今回の目的である鎮魂の儀ってなんなんですか？」

すると、モイラさんとガイウスさんの表情が真剣なものになる。

「そういえば詳しい説明がまだだったな。鎮魂の儀は亡くなった竜を弔《とむら》う葬式だ。各属性を司る竜種の方々や、竜人族が手を取り合い、敬意を以て行う、この里に古くから伝わる伝統的な儀式さ」

「竜種の方々は我々より遥《はる》かに長命だが、不死ではない。そして今回亡くなったのは、この里でもとりわけ長命だった火の属性を司る火竜《かりゅう》の長老のお一人だ」

火の属性を司る火竜は真紅《しんく》の鱗を持ち、竜種の中でも随一の攻撃力を誇《ほこ》る種。様々な温度の炎を瞬時に生み出し、自由自在に操ることの出来る炎に関するスペシャリストだ。

他の属性を司る竜種たちを愚かな者たちの攻撃から守るため、先頭を飛び、誰よりも勇ましく咆哮を上げて積極的に攻撃を仕掛けていく。その様から攻撃的あるいは短気な性格だと見做《みな》されることも多々ある。

だが実際は、自分たちに注意を引き付け、積極的に仲間たちを守っている仲間思いな性格なのだ。

ただ、そのせいで他の竜種よりは長生きが出来ない傾向にあるとヘクトル爺に聞いたことがある。

仲間を守るためにどんな痛みも傷も厭《いと》わず、守護者として戦うことが火竜という竜の生き様だ。

だからこそ戦場で亡くなることも多く、そうでなくとも戦いの中で負った傷が寿命を縮める。

それでも長老と呼ばれるまで生き長らえたその火竜は、よほどタフだったのか、あるいは敵の攻撃を喰らわないほどに圧倒的な強さを誇っていたのか――どちらにせよ、竜種にとっての英雄であったことは確かだろう。

「竜種や竜人族にとって大事な弔いの儀式ならば、モイラだけ里帰りさせればよかったんじゃないのか？　何故私たちまで隠れ里に招待したんだ？　その長老に縁のない我々が同席したら、邪魔になってしまいかねんだろう」

姉さんからの問いかけに、ガイウスさんは真剣な表情のまま答える。

「レイアたちは、一流の戦士だから里に招待したんだ。ここからはちょっと込み入った話になるんだが……」

「どういう意味だ？」

姉さんの疑問に答えたのは、モイラさんだった。

「簡単に言っちまうと、鎮魂の儀は弔って終わりじゃないんだよ。……この世に未練のある者が成・・・・・り果てちまうからな」

「「「「!?」」」」

俺らは息を呑んだ。

成り果てるってことは、つまり——

「まさか、亡くなった竜がアンデッド化するっていうの!?」

俺らを代表して、リナさんが驚きの声を上げる。

死者は、僅《わず》かに残る本能的な部分を利用される、あるいは瘴気《しょうき》に侵《おか》されることでアンデッド化してしまう。だから死体を浄化したり、聖なる炎で肉体を焼いたりするわけだが、竜も同じなのか。

ガイウスさんは、ただ頷いた。

「そうだ。もっとも竜種の場合は普通のアンデッドとは違って生への執着っていうより、子孫や種の未来を憂《うれ》えてアンデッド化することがほとんどだがな。アンデッド化した竜の中に生前の意識が残っていた方々がいて、そのように仰《おっしゃ》っていたと文献に残っている」

「だけど」とモイラさんが話を継ぐ。

「そうやって理性的に対話が成立するのは非常に稀だ。それは人間でも竜種でも関係ない。大抵は理性や知性を失い、破壊衝動《はかいしょうどう》のままに暴れ回ろうとする。それを生者である私たちが抑え込み、亡くなった竜を再び殺す——それが、鎮魂の儀の実態だよ」

俺と姉さんたちは驚きのあまり言葉を発することが出来ない。

この世界の最上位に位置する存在である竜種も、理由は違えどアンデッド化してしまう。

人型の種族をアンデッド化させないようにする対処法はあるが、もう一度殺さなくてはならないということは、その方法は竜種に効果がないのだろう。

ただ俺は衝撃を受けながらも、同時に納得も出来てしまう。

一度目の人生に悔《く》いを残したまま死に、二度目の人生を生きている俺自身がそうだったから。

自分が転生したのだと自覚した時に前世でやり残したことや、やってみたかったこと、家族と離れる寂しさなど様々な想いが湧き上がってきた。あの時感じた気持ちは何年経とうと忘れることはないだろう。

竜種は一度目の俺の生の何十倍、何百倍と生きている。そう考えると、俺以上に種に対する想いが募《つの》っているに違いない。

「特に今回の鎮魂の儀で相手をするのは、老衰《ろうすい》で亡くなるほどに長生きした戦巧者《いくさこうしゃ》である火竜の方だ。正直今までと同じように対処出来るか自信がない。それに……」

言い淀《よど》むガイウスさんに姉さんが続きを促す。

「それに、何だ？」

ガイウスさんは一拍の間を置いてから、言う。

「……我が里には大切な役割があるから、壊滅《かいめつ》させられるわけにはいかないんだ」

「兄貴、そこまで喋《しゃべ》っていいのか？」

モイラさんの言葉にガイウスさんが答えようとした時、しわがれた声がする。

「構わん。私が許そう」

そう言いながら居間に入ってきたのは、アイロスさんだった。

ガイウスさんが許可なく大切な役割について話そうとしたことを謝ろうとすると、アイロスさんはガイウスさんの頭を撫でながら言う。

「里の長たる私がガイウスに代わり、この里が担う役割について語りましょう」

それからアイロスさんは、滔々《とうとう》と竜種の歴史について語り始めた。

竜とは星の守護者にして、神のような高次元生命体や異なる銀河系からの来訪者などの脅威《きょうい》から、星を守るために戦う矛《ほこ》であり盾《たて》——つまり、星が生み出した最終防衛機構《さいしゅうぼうえいきこう》なのだ。

そんな彼らの前に、ある最悪が立ちはだかった。それは悪神と善神が引き起こした世界を巻き込んだ戦争の最中に、悪神たちによって生み出されたのだという。

「竜種は、悪神と善神の大戦に星の意思を受けて参加することになったそうです。そして、他《た》の追随《ついずい》を許さぬ強大な力の権化である竜種が参戦することで、善神側の勢力がかなり優勢になりました。……しかし、悪神側もされるがままではいません」

アイロスさんはそこで一旦話を区切り、俺たちに問いかけてくる。

「皆さんは魔人種の歴史についてはご存じで？」

その質問に、嫌な予感がしつつも首を縦に振る。

姉さんたちも俺と同じことを考えているのか、苦々しい表情をしながら頷く。

アイロスさんはそんな俺たちの顔を見回して息を深く吸うと、話を続ける。

「悪神側が対抗策として最初に生み出したのが、魔物や魔獣の因子を生きている人間族に植え付けることで変異させた存在――オークなどをはじめとする魔人です。人間族はバランスに優れた万能型の種族。そして人間族は万能型であるがゆえに変化すること、因子を体に取り入れることに拒否反応が出にくいのだと悪神たちは気付きました。悪神たちは次々と人間族を魔人に作り替え、自分たちの手駒《てごま》を増やしていきました。その結果、当時の人間族は大戦前に比べてその数を大幅に減らします。そして悪神たちはそれでも魔人を生み出すことをやめません。その後は人間族に限らず様々な種族を変異させた魔人種を生み出していったのです。しかし竜種はそれでも負けませんでした」

どれだけ新たな脅威が悪神によって生み出されても、竜種には何の影響《えいきょう》もなかったということに、彼らの強大さを再認識する。

しかし、アイロスさんは声のトーンを一つ落とす。

「ですが、その均衡は崩《くず》れます。始まりは、小さな綻《ほころ》びでした。悪神軍が若い個体ではあったものの、一体の竜を殺すことに成功したのです。それによって、大変なことが起こりました」

「……何が起こったの？」

リナさんの問いかけに対し、アイロスさんは静かな怒りと心の底からの忌避《きひ》を滲《にじ》ませながら言う。

「生み出したのですよ。この世界で最初の、竜のアンデッドを」

アイロスさんは次のように語る。

本来ならば、その竜の遺体は他の竜にただ埋葬される。その際、小さな森を豊かで巨大な森へと変化させるほどに高濃度の魔力をこの星に遺《のこ》して。

だが、そうはならなかったのだ。

闇《やみ》属性魔術の中でも高難度の死霊魔術《しりょうまじゅつ》――それを得意としていた一柱《ひとはしら》が、竜を殺した悪神たちの中にいたのだ。

そいつが三日三晩休むことなく若い個体の竜に死霊魔術をかけ続けることで、星の寵愛《ちょうあい》を受ける存在の竜をアンデッド化させてしまった。

魂《たましい》は既になく、悪神によって植え付けられた破壊衝動に従って動く、強力な兵器へと変えられてしまったアンデッドの若い竜。彼は、戦場を色々な意味で掻《か》き乱したという。

「その竜のアンデッドを封印する場――それがこの里の担う役割？」

セインさんの問いかけにアイロスさんは首を横に振って否定する。

「いえ、違います。封印する場であることは間違いありませんがね。最初の竜のアンデッドは、戦いの最中で死にました。だから、この里に封じられているのは、もっと悍《おで》ましい存在なのです」

アイロスさんは静かに、しかし怒りを抑えながらそう口にした。

俺は聞く。

「では一体何が？　そのアンデッドの竜は、若いと言っても神代の竜の一体ですよね？　それよりも悍ましい存在だなんて――」

「想像もつかない」と続けようとした俺の言葉をぶった切るように、アイロスさんが言う。

「悪神たちは考えたのです。この星を守るための矛であり盾が竜であるのならば、この星を滅ぼすことが出来るのもまた竜であると。そして竜が自分たちのものにならないなら、自分たちの言うことを聞く竜を、自分たちの手で生み出してしまえばいいと」

「「「「!?」」」」

アイロスさんからの衝撃の言葉に、俺たちは驚きを露《あら》わにする。

「……そんなことが本当に可能なの？」

どうにか絞《しぼ》り出されたユリアさんの呟《つぶや》きに、モイラさんやガイウスさんが重々しく頷く。

そして、アイロスさんが話を続ける。

「悪神たちは若い竜に狙いを絞り、次々と殺してはアンデッドにしていきました。ただ、もっと悪逆な実験も同時に行っていた」

「それは一体？」

姉さんの問いに対して、アイロスさんは衝撃の事実を語る。

「殺した竜を解剖《かいぼう》し、肉体の構造を徹底的に解析したのです。そして、それによって得た情報を元に、邪悪な竜を生み出そうとしました。それは実際、成功します」

俺も姉さんたちも驚きのあまり声を発せない。

暫《しば》し、静寂《せいじゃく》。

疑っていたわけではなかったが、今までの話は本当にあったことなのだと、改めて理解する。

俺や姉さんたちは緊張から渇《かわ》いた喉を潤すために、机の上のカップに手を伸ばす。

そして、カップをソーサーの上に戻す際の『カチャ』という音をきっかけに、アイロスさんは話を再開する。

「邪悪な竜はアンデッドとなった竜や本来の竜種に比べると性能は劣りますが、非常に攻撃的な性格で、暴虐《ぼうぎゃく》と血を好みました。そして何よりも悍ましいのは、人類種などの知能の高い存在を喰らうことで自らを強化していくという、魔物や魔獣のような特性を有していること」

悪神によって生み出された邪悪な竜。彼らは竜でありながら、魔物や魔獣だった。

それがどれほど厄介なことなのか、何度か魔の者と戦った今の俺には分かる。

アイロスさんは続けて言う。

「弱い個体は早々に滅ぼされたそうですが、中には竜に打ち勝ちその身を喰らうことで、元《オリジナル》の竜より強大な存在になった個体もいます。邪悪な竜――後に邪竜と呼ばれた彼らは、大戦が終結するその時まで戦場で暴れ回りました。この里に封印されているのは、そんな中でも大戦終結まで暴れ回った一体の邪竜です」

これが、この隠れ里が抱える秘密――禁忌《きんき》か。

竜が死んだ際には、この世界に良い影響を遺して逝《い》く。

だが邪竜を殺した場合は、恐らくそれと真逆のことが起こると予想される。

しかも歴戦の竜を喰らい続け、比類なき武力をその身に宿した邪竜だ。

それを殺した時の影響を考えると、封印する他ない、という結論になったのだろう。

故に、封印を解かれないように監視するのがこの里の役割。

戦わせれば強大な武力になり、倒されたところで大きな置き土産に転じる。

そんな存在を生み出した悪神の性格の悪さに、辟易《へきえき》する他ない。

里の歴史に関する話が終わったのを見て、ガイウスさんが今回の鎮魂の儀に関する話題へ話を戻す。

「アンデッドとなった竜が暴れると封印の術式に乱れが生じ、封じられている邪竜が解放されてしまうかもしれない。それを阻止するためにも鎮魂の儀を確実に成功させなければいけないんだ」

「なるほど。私たちを里に誘ったのはそういった理由もあったわけか」

姉さんの言葉にガイウスさんは頷いて答える。

説明せずに里まで連れてきたことに関して、ガイウスさんは申し訳なさそうな表情を浮かべているが、誰が聞いているとも知れない他国で里の禁忌を話せるわけもない。

それに、俺も姉さんたちも断る道理はないだろう。

俺としては調停者として見過ごすわけにはいかないし、姉さんたちにしたって、パーティメンバーであるモイラさんの里の困りごとに手を貸さないほど薄情ではない。

俺と姉さんがそれぞれ是非参加させてほしい旨を伝えると、ガイウスさんもアイロスさんも感謝の意を示した。

正式に鎮魂の儀への参加が決まったということで、ガイウスさんが鎮魂の儀の詳細を説明する。

鎮魂の儀には、里の中にいる竜種のみならず、遠い大陸や島に棲んで生活している竜の方々も参加するそうで、彼らは続々と隠れ里に集まってくるとのこと。

竜種の移動速度はすさまじく、少し本気を出しただけで、大陸を僅かな時間で渡ってくることが可能なほど。明日には今よりもっと竜種が増えているだろうという話だった。

「まぁ、肝心の鎮魂の儀は一週間後だ。それまでは自由に過ごして、英気を養ってくれ」

ガイウスさんはそう説明を締めた。

特に質問もないので、俺らは素直に頷く――が、懸念がないわけではない。

俺は今後の打ち合わせを始める姉さんたちを横目に見ながら、精霊様方に念話で話しかける。

ちなみに精霊様方は基本的に俺を含めた里の者の前でしか姿を現さないので、現在は非実体化していて俺以外の者たちからは視認することが出来ない。

『鎮魂の儀に先んじて、亡くなった火竜様がアンデッド化することはあり得ますか？』

『いや、それはないだろう。亡くなった火竜の遺体を先程魔力を使って確認したが、複数の竜が全力で浄化していた。その中には光の属性を司る竜の一族がいるのも確認出来た。亡くなった火竜がすぐにアンデッドになる可能性は低い』

緑の精霊様の言葉を、黄の精霊様が継ぐ。

『それに、ここでは竜人族の者たちと竜たちが、遥か昔から亡くなった竜たちを弔ってきた。何か異変があればすぐに伝令係から長であるアイロスに報告が入るようになっているはず』

それを聞いて俺がほっとしたのを悟ったらしく、赤の精霊様が真剣に言う。

『忘れるな、カイル。これは竜種だけの問題じゃねぇ。人間、獣人、エルフ……そして妖精や精霊も関わる問題だ。妖精や精霊に関してはアンデッド化することはねぇが、魔や暗き闇に魅入《みい》られ自我を失い、ただ暴れるだけの存在に堕《お》ちることもある。それくらい死後の怨念《おんねん》みたいなもんは厄介なんだ』

それを聞いて、青の精霊様が少し悲しそうな顔をしてから続ける。

『そうなった存在を救う方法は一つだけよ。ただ、滅ぼすことだけ。どのような魔術も特殊な力も、堕ちた存在を元に戻すことは出来ないわ。だから、覚悟なさい』

『了解です。しっかりと心に留めておきます』

精霊様方がここまで警戒を促すようなことはそうない。

彼女たちはあくまでこの世界の均衡を守る存在だからだ。

つまり、今回の件は世界の均衡を揺るがしかねない大事《だいじ》だという話なのだろう。

俺はしっかりといただいた言葉を心に刻み込む。

今まで精霊様方の与えてくれる警告によって、命を助けられたことが幾度もあるからな。

そう思っていると、アイロスさんが時計をちらりと見る。

「おっと、もうこんな時間ですね。今日は皆さんを歓迎する宴会を開きます。竜種の方々も参加されますので、友好を深めてもらえればと思っております」

アイロスさんの発した『宴会』という言葉に、食欲が刺激されたのか、姉さんたちの目がキラリと光る。

そんな様子を見て、ガイウスさんが半眼で言う。

「竜種は温厚な方々ばかりだが、酒にかこつけて礼を失した態度を取るなよ。当然だが鱗を毟《むし》ったり牙《きば》を削ったりと馬鹿なことをすれば、幾ら温厚な彼らでも怒りを抑えられないだろう。酒を飲んで酔《よ》っぱらうのはいいが、その辺は本当に気を付けてくれ」

ガイウスさんは普段の姉さんたちを知っているからか、竜種に対してやらかさないか本気で心配しているようだ。

そんなガイウスさんに姉さんたちが反論する。

「何を言ってるんだ。そんなこと、初対面の相手にするわけないだろ」

ウンウンと頷きながらリナさんも「そうよ、そうよ」と言う。

しかしガイウスさんは納得せず、言葉を重ねる。

「だが里の酒は度数の高い酒が多いぞ。酔っぱらって羽目を外し過ぎて、初対面の相手に対してやらかしたことがないというのは、本当なんだな？　本当なんだよな？」

俺はガイウスさんのその言葉を聞きながら、メリオスでの事件を思い出す。

しつこく付き纏《まと》ってきたナンパ男を、店のカウンターに沈めたリナさん。酔っぱらい同士の喧嘩によって店が閉店になったことでブチギレて、度を超えた制裁を行ったモイラさん。

二人はそれ以外にも色々と派手にやらかしてメリオスを騒がせていた。

リナさんもモイラさんも酔っぱらっていても、一般人からすれば十分脅威になるほどに強い。それ故に酔っぱらうと色々とやりすぎてしまうのだ。

二人はそんなあれこれを思い出したのか、ハハハと誤魔化《ごまか》し笑いをする。

俺と姉さん、ユリアさん、セインさんは、二人に冷めた視線を送る。

それを見て、ガイウスさんは自分の妹の酒癖《さけぐせ》の悪さを悟ったらしく、額に手を当て嘆《なげ》く。

アイロスさんは、モイラさんにススス、ッと近づいていく。

モイラさんはアイロスさんの接近に気付いて逃げようとするが時既に遅し。

両腕をユリアとセインさんにガッチリと掴まれているため動けないのだ。

結果、アイロスさんの愛の拳《こぶし》がモイラさんの頭に綺麗に叩き込まれるのだった。

……やはり、酒はほどほどにするべきだな。

第二話　竜の宴《うたげ》

アイロスさんの先導で宴会場となっている広場へたどり着くと、酒好きの竜人族と竜種は、既にベロンベロンになっていた。

そんな竜人族たちの姿を見て、アイロスさんはため息を吐く。

ただ、全員が全員酔っぱらっているわけではない。節度を守って飲んでいる方々は、主賓《しゅひん》の到着を待たずにぐでんぐでんになってしまっている同胞《どうほう》を見て冷たい視線を送っている。

目の前の光景に圧倒されていると、俺たちに気付いたティフォンさんがこちらに近づき、先に宴会を始めてしまったことを謝ってくる。

『申し訳ない。同胞には事前に待つように伝えていたのだが、俺が到着した頃には、堪《こら》え性《しょう》の無い者たちが既に飲み始めてしまっていたんだ。そこに続々と竜人族の酒飲みたちも交じって、あれよあれよと本格的な飲み会に……』

俺は首を横に振る。

「大丈夫ですよ。俺たちは気にしてませんから」

「そうだな。そんな小さいことでグチグチ文句をつけるつもりはない」

姉さんの言葉にリナさんたちも頷いて同意する。

ティフォンさんは主賓である俺たちが気にしていないことにホッと安堵《あんど》の息を漏《も》らした。

「「それじゃあ私たちも…………」」

そんな一連のやり取りの最中も我慢《がまん》出来ないとうずうずしていた酒好きな二人――リナさんとモイラさんが、揃ってそう口にして、酒宴に交ざりに行こうとする。

しかし、ユリアさんがぴしゃりと言う。

「リナもモイラも、飲・み・過・ぎ・な・い・よ・う・に!!」

それを聞いて、二人は顔を見合わせ、渋々《しぶしぶ》ながらも了解の返事をする。

「……はい、分かりました」

結局そう言いつつも、二秒後にはスキップをしながらどんちゃん騒ぎの渦中《かちゅう》へと足を向けてしまう二人だった。

流石《さすが》にここまで念入りにユリアさんが釘《くぎ》を刺したのだから、醜態《しゅうたい》を晒《さら》すことはあるまい……ないと信じたい。

ユリアさんはリナさんとモイラさんの後ろ姿を見送ってからため息を吐き、セインさんは無言で呆れたように首を振った。

二人はそれからリナさんとモイラさんを見守れる位置へと移動し、しっぽり飲み始める。

だが姉さんは俺の隣《となり》から動かない。

なんだか嫌な予感がしてくるが、気にしないったら気にしない。

俺も竜種の方々と交流するべく、足を踏み出――

「カイル」

姉さんが一言、俺の名を呼んだ。

俺は足を止めて、努めて冷静に姉さんの方に視線を向けながら答える。

「何？　姉さん。ああ、俺のことは気にせずみんなの所に行っていいよ。姉さんも嗜《たしな》む程度には飲むでしょ？」

姉さんは俺の言葉を聞いていたはずなのに、リナさんたちの所に移動していく様子は微塵《みじん》も見せない。それどころか、仁王立《におうだ》ちのまま俺をじっと見据《みす》える。

「カイル」

再び姉さんが俺の名を呼んだ。

もう嫌な予感しかしないが、俺はまだ屈《くっ》する訳にはいかない。

「早く行かないと、お酒がなくなっちゃうよ。ほら、みんなすごい飲みっぷりだからさ。いやーそれにしても竜人族の方々の飲みっぷりは――」

姉さんは俺の言葉をガン無視して続ける。

「テントを出せ。お前、酒はあまり飲まないだろ。だからテントの中で追加の料理を作れ」

俺はいきなりのお願い《命令》に困惑しながら聞き返す。

「なんで？　竜人族の方たちが用意してくれた料理があるじゃないか！」

「…………」

姉さんは無言でリナさんたちの方を指差す。

そこには酒と共に用意されていた料理を、パクパクではなくバクバクとものすごい勢いで消費している四人の姿が見えた。

どうやら、ユリアさんとセインさんも結局一緒に飲むことにしたらしい。

更にはアイロスさんとガイウスさんも乾杯《かんぱい》の音頭《おんど》をとるのを諦《あきら》めて、その一団にしれっと参加している。

視線を横に移すと、まったりとしていた竜人族の女性たちが、青い顔をしながら調理場へ向かうのが見えるな。

そんな状況を知ってしまったら、姉さんの要望に対して首を横に振ることは出来るはずもない。

姉さんは早くテントを出すように顎《あご》をしゃくって急《せ》かしてくる。

――仕方ない、やるか。

そうなれば少しやる気を出してしまう俺である。空間拡張の永久付与術式が施《ほどこ》されているポーチからテントを取り出し、宴会場の近くに設置する。

酔っぱらっていない竜人族の方々が何事かと近寄ってきたが、姉さんが事情を説明すると恐縮《きょうしゅく》したように謝ってくる。

「皆さんを歓迎する宴会なのにお手を煩《わずら》わせて申し訳ない」

そんな竜人族の男性からの謝罪に、姉さんが「こちらこそ仲間が迷惑をかけてすまない」と答えた。

すると、別の竜人族の女性が心配そうな声を上げる。

「ですが、本当に大丈夫なのですか？　かなりの勢いで皆さん料理を平らげているようですけれど……」

それには料理を作る俺が答える。

「大丈夫ですよ。料理といっても簡単なものしか作りませんし」

それでも竜人族の方々は申し訳なさそうにしていたが、俺が鼻歌交じりに手際よく料理の下拵え《したごしら》を始めるのを見て、安堵の息を漏らして調理場に戻っていった。

数分で下拵えが終わったので、まずはお酒と相性の良い焼き鳥を七輪に載せていく。

七輪が埋まったため、焼きあがるのを待つ間に卵焼き、目玉焼き、オムレツなどの卵料理を作り始める。

その合間に焼き鳥の様子を確認しようとすると、姉さんが熟練《じゅくれん》の職人のような目つきをしながら、焼き具合を確認していた。

うん、焼き鳥に関しては姉さんに任せておいて大丈夫そうだな。

それから少しして、出来上がった卵料理を大皿に盛りつけ、酒と料理を楽しんでいるリナさんたちのもとへ届けた。

リナさんたちは俺の卵料理が好きなので、大いに喜んでくれる。

そして、他の酔っぱらいもその歓声に引き寄せられ、卵料理に手を伸ばす。

「皆さんもどうぞ召し上がってください」

俺がそう口にしながら料理を振る舞っていると、後ろにティフォンさんがいた。

『ふむ、旨そうな匂いがしておる。ありがたくいただこう』

そんなこんなでどんどん大皿の周りには人だかり――ならぬ竜だかりが出来ていく。

しかし、竜種の方々は体の大きさを狼《おおかみ》くらいまで小さくすることが出来るので、みんなに料理が行き渡ってはいるみたいだ。

そんなタイミングで、俺と入れ替わりで焼き鳥が大量に載っている大皿を姉さんが持ってきた。

焼き鳥の美味しさを知っているリナさんたちの歓声が再び響《ひび》き渡る。


その後も俺は時折料理をつまみ食いしながら、炒飯《チャーハン》や簡単な揚げ物などを大量に作っては持っていきを繰り返した。

竜人族の方々も一生懸命に料理を作っていたが、徐々に限界が来て一人、また一人と力尽きてしまったので、今は俺の作った料理を食べながら休んでもらっている。

頃合いを見て、俺はテントの外に出てポーチから巨大な鉄板セットと肉を取り出す。

そして、鉄板をテントの前に設置して、腕まくりした。

「さてと、そろそろ肉を焼くとするか」

先程取り出した肉は、牛のサーロインや豚のヒレ肉だ。

こちらの世界には前世の標準的なサイズの牛や豚もいれば、魔力が豊富な餌《えさ》を食べ続けることで体の大きさが二倍、三倍になった個体もいる。

エルフの隠れ里では実家で飼育していた牛や豚を一頭ずつ借りて、魔力の豊富な餌を食べさせ続ける実験をした。それによって分かったのは、魔力の豊富な餌を食べさせ続ければ、サイズが大きくなるだけでなく、肉質や味も大幅に良くなり、更には保存期間まで遥かに長くなるということだった。

里のみんなに振る舞ったが、すごく喜んでいたな。

なんて思い出を振り返りながら手を動かしていると、十歳ぐらいの少女がフラフラとこちらに近寄ってくるのに気付いた。

まず目を引くのは、髪と瞳の色。

肩甲骨辺りまである白銀の髪に朱色のメッシュが映える。そして瞳は綺麗な朱色だ。

その上彼女の顔は非常に整っていて、将来美人になること間違いなし。

しかし、そんな彼女の浮かべる表情はと言えば、年相応だった。

澄んだ朱色の瞳は鉄板の上でじゅうじゅうと焼けている肉に釘付けだし、綺麗な唇《くちびる》の端《はし》から涎《よだれ》がだーだー流れている。

片面が焼けたものからサーロインやヒレ肉をひっくり返す。

すると、そのたびに少女は喉を鳴らし、ついにはお腹が大きな音を立てる。

流石に恥《は》ずかしかったらしく、少女ははっとして腹を押さえた。

俺は少女に問いかける。

「お嬢さん、みんなのためにお肉を味見してもらえるかい？」

少女は遠慮《えんりょ》がちに俺に聞き返す。

「……いいの？」

そんな少女に俺は微笑みながら、サーロインを切り分けて皿に載せてから渡す。

「折角の宴会だから、みんなには美味しいものを食べてほしい。味見役が必要なんだ」

少女は俺の言葉を聞いて嬉しそうに笑い、サーロインを一切れ食べる。

「………………美味しい。とっても美味しいわ」

心からの笑みを浮かべた少女に、俺は続けて提案する。

「そうか、それは良かった。違う部位も焼いているし、少しずつ味付けを変えながら焼いているから、他のも味見してくれないかい？」

「うん、分かった。味見は大事だもの」

俺はそう素直に頷いた少女の口の大きさに合うように、サーロインやヒレ肉を小さく切り分けてあげる。

少女はどの味付けも美味しいと思ってくれたらしく、笑顔で食べ続ける。

そんな少女を見ながら、俺は鶏肉《とりにく》や食用可能で美味な魔獣や魔物の肉を取り出して調理していく。

周囲を見ると、香りに釣《つ》られてか、少女があまりに美味しそうに食べているからか、ギャラリーが集まっていた。

今さっき焼けたサーロインやヒレ肉を皿に盛って彼らの前に置くと、地鳴りのような歓声が上がる。

とはいえ、肉ばかり食べさせたら栄養バランス的によろしくない。

鶏肉などを焼いている横のスペースで野菜を焼き始める。

すると、ギャラリーは揃ってブーイングの声を上げ出す。

俺はむっとして、肉を仕舞《しま》う。

ブーイングが止み、静かになった。

俺はそのタイミングで、ハッキリと宣言する。

「野菜も食べないと肉を追加しませんからね」

「「「「「「え～～～～」」」」」」

そんな風に落胆《らくたん》の声を上げる食いしん坊たち。

俺は重ねて言う。

「本当ですよ？」

「「「「「「うっ……………分かりました」」」」」」

こうしてなんとか野菜も食べてくれるようになったので、肉を取り出して再度焼き始める。

その匂いに釣られて更にギャラリーが増え、子供たちも集まり、気付けば鉄板の周りは肉を求める者たちで溢《あふ》れ返ってしまった。

だが、そんなタイミングで体を休めていた竜人族の女性たちも戻ってきてくれる。

それからは焼いては食べ、焼いては食べの時間になった。

肉を食べた方々は、みんな笑みを浮かべて満足そうにしていて、俺も嬉しかった。

姉さんたちも、ちゃっかり結構な量の肉を胃の中に収めていたな……。

段々みんなの腹が膨《ふく》れてきたので、俺もちょくちょく調理を竜人族の女性たちに任せて抜け出させてもらった。

美味しい料理と酒を楽しみながら竜人族や竜種と語り合う時間は、大変有意義だった。

俺が全ての片づけを終える頃には、周囲には眠りこけた酔っぱらい共が大量に転がっていた。

まさしく死屍累々《ししるいるい》、である。

竜種の方々はそんな人々の集まっている場所に結界を展開する。

どうやら周囲の迷惑にならないようにしつつ、酔っ払いはそのまま寝かせようということらしい。

そして、姉さんたち五人も当たり前のようにその中にいる。

俺は呆れのあまり大きくため息を一つ吐き、そのまま姉さんたちをその場に放置し、屋敷へと戻る。

それから風呂にゆっくり入って体を休め、ベッドに潜り込んで瞼《まぶた》を閉じ、今日もいい日だったと思いながらゆっくりと眠りに落ちた。

◇　◇　◇　◇

朝日が顔を覗《のぞ》かせるくらいの時間に、目を覚ます。

前世では昼夜逆転とは言わないまでも深夜まで起きていることは当たり前な、不規則な生活を送っていた。

それが祟って死んでしまったようなものなので、今世では反省し、余程のことがない限りは早寝早起きを心掛けるようになった。

そのうちに体が起床時間を覚え、今ではいつもこれくらいの時間に目が覚める。

もっとも、夜遅くまで起きていたとしてもショートスリーパーなので、さほど問題はないのだが。

「さて、折角早く起きたことだし、動き出しますか」

そう口に出して布団から出ると、昨日の晩御飯《ばんごはん》の残りを食す。

それから服を着替え、昨晩宴会会場となっていた広場を目指してゆっくりと歩く。

広場にたどり着くと、二日酔いに苦しんでいるのだろう、ゾンビのようにフラフラしながら自宅に帰ろうとしている者がいたり、その場に蹲《うずくま》っている人がいたりと酷《ひど》い有様だった。

俺はそんな酔っぱらい共を横目に、姉さんたちが寝ていた場所へと向かう。

そこで、物の見事に二日酔いで呻《うめ》いている姉さんたちを見つけた。

姉さんたちは俺を見つけるとヨロヨロと近づいてくる。

そして、俺に向かって手を伸ばす。

その動きは映画に出てくるゾンビさながらで、事情を知らない者が見たら恐怖してその場から早急に立ち去るくらいには怖い。

「カイル……いつもの奴を……やってくれ」

「そう……ね。お願い……出来るかしら？　…………うっぷ」

声を出せるのはモイラさんとリナさんの二人だけのようだ。

姉さんも羽目を外し過ぎたらしく、苦しそうにしながらもゆっくりと体を動かして俺に近づこうとしている。

俺は嘆息《たんそく》し、二つの術式を展開する。

起動したのは肉体の代謝《たいしゃ》を上げる魔術と、光属性の魔力で心身をリフレッシュさせる魔術だ。

前者の魔術で肝機能《かんきのう》を上昇させつつ、後者の魔術で気持ち悪さをゆっくり鎮めていく。

代謝を上げれば分解能力も上がるだろうという素人考えだったが、ヘクトル爺や里の酒飲みたちを実験台にして何度も調整し、効果と安全性を実証出来たので、二日酔いになった人にはこれを使ってあげるようにしている。

だがこの魔術は誰に対しても同じ効果を保証出来るわけではない。

分解能力に関しては個人差があるので、酔いが早く醒《さ》める人と醒めるまで時間がかかる人がいる。

とはいえ、姉さんたちは効きが良い体質だ。

少しすると、姉さんたちの顔が幾分かスッキリとしたものになった。

モイラさん、リナさん、セインさん、ユリアさん、姉さんの順に喜びの声を上げる。

「相変わらず効くなあ～。気分スッキリだ!!」

「助かったわ～。ありがとう、カイル君」

「すっきり、すっきり」

「やっぱりこの魔術はすごいわね。一気に酔いが醒めたわ」

「カイル、助かった。…………腹が減ってきたな」

なんて現金な人たちなんだ。

俺は苦笑する。

「はいはい。すぐに朝食の準備をするから大人しく待っててよ」

身体の代謝が上がると、空腹感が強くなる。

なので、姉さんたちはこの魔術をかけられた後は普段よりも大量に食べるのだ。

ポーチの中にはまだまだ大量に食材が仕舞ってあるので問題はないが、それとは別の問題が発生した。

さっきまで苦しんでいた姉さんたちが別人のように元気になった様子を見て、周りの二日酔い共が俺の周りを取り囲んで、近づいてきているのだ。

仕方がないな……。

俺は先程の魔術を広範囲に展開し、二日酔い共をまとめて治療《ちりょう》してやる。

苦しみから解放された酔っぱらい共の歓喜の声が至る所から上がった。

それを横目に、巨大な鉄板セットと大きな寸胴鍋《ずんどうなべ》を用意する。

まず野菜たっぷりのスープを作り、器によそって姉さんたちに渡す。

まだ二日酔いから回復している最中なので、胃に優しいものを最初に食べさせた方が良いだろうという判断だ。

それから少しすると、二日酔い共がまだ少しフラフラしながらもスープの匂いに誘われて近寄ってくる。

それを見越してスープを多めに作っておいたので、問題はないけどな。

姉さんたちに二日酔い共の対応を任せて、俺は鉄板で焼きそばと目玉焼きを作り始める。

目玉焼きがふつふつし始めたくらいのタイミングで、竜人族の母子が目の前にやってきた。

恐らくスープの匂いがしたので広場に出てきてみたのだろう。

後ろには他の竜人族もいるので、代表して頼みに来たって感じか。

母子は、おずおずと声をかけてくる。

「カイルさん、申し訳ないのですが、朝食を私たちにも分けていただくことは出来ますか？」

「兄ちゃん、ダメか～？」

竜人族の女性が申し訳なさそうに言うのに対して、子供の方は気安くお願いしてきた。

お母さんはそれを窘《たしな》める。

「こら!!　カイルさんのものを分けていただくのに、そんな言い方はダメよ!!」

「は～い。ゴメンなさい」

そんな親子のやり取りに思わず頬《ほほ》を緩《ゆる》めながら、俺は言う。

「大丈夫ですよ。どうぞ」

俺はそう言って、目玉焼きを載せた焼きそばと野菜スープを二人に渡す。

子供は嬉しそうに、お母さんは申し訳なさそうにしながらも受け取り、広場に置かれているテーブルに移動して箸で食べ始める。

昨日の宴で初めて見た時には驚いたが、この里の住民には箸《はし》で食事をする文化が根付いているらしい。アイロスさんの話を聞くに、箸はある竜人族が広めた文化らしい。俺より前に日本人がこの里に竜人族として転生してきたのかもしれないな。

箸を広めた彼は里の生活力の向上や竜種と竜人族間の友好に大きく貢献《こうけん》した、里の英雄《えいゆう》とも言うべき存在なのだそうだ。

以前は竜人族は上下関係を気にしており、大げさなくらい竜種に畏敬《いけい》の念を抱き、自分たちは竜種の方々に仕《つか》える存在だという意識を持っていた。

反面竜種は竜人族を自分たちと同じ力を揮うことが出来る家族や同胞のように思っていた。

それ故に微妙に歯車が噛《か》み合っていなかったのだが、その転生者が間に入り、長い時間をかけて対話し続けたことで、今では共に酒を酌《く》み交わすほどに親密になれた、という話らしい。

少しすると竜種の方々もやってきたので（食料を貰うことに対して申し訳ないと思っているらしく、体は小さくなっている）、ひとまず野菜スープを渡す。

スープと焼きそば、追加で仕込むか。

なんだか炊《た》き出《だ》しみたいになっているが、仕方ない。

『おお、空腹に染み渡る。それに今作っている料理の匂いもたまらんな』

『そうだな。最近はほとんど肉ばかりを食べていたからな。野菜も新鮮で美味い』

土竜と火竜のお二方が、互いに感想を言い合っている。

周囲にいる竜種の方々はそんな二体の竜を興味深そうに見てから、俺の方を向く。

『そのスープとても良い匂いね。私たちも飲んでみたいわ』

興味を持った一体の水竜がそう言って動こうとすると、傍で甲斐甲斐《かいがい》しくお世話をしていた青髪の竜人族の青年が水竜を止める。

「私たちがスープをもらってくるので少し待っててください」

『ありがとう。お願いしていいかしら』

そんな水竜様の言葉に、竜人族の青年はニコリと微笑んで頷いた。

そして、水竜と話していた青髪の竜人族の青年を先頭にして、青髪の竜人族が四人真っ直ぐに俺のもとへと向かってきた。

「私たちと竜種の方々の分のスープもいただけますか？」

「ええ、大丈夫ですよ。すぐに準備するので待っててください」

俺はそう答え、彼らの分のスープも用意し、トレイに載せて渡した。

その際、スープが零《こぼ》れないように魔力による密閉型の蓋《ふた》を生み出して、器の上部を覆うのを忘れずに。

竜人族の青年たちは、頭を下げてお礼を言ってから、足早に水竜の方々のもとへと戻っていった。

青い鱗の水竜の方々はスープを受け取ると、嬉しそうに魔力による蓋を外す。

そして、竜人族の青年たちも蓋を外すのを待って、みんな一斉に温かいスープを口に運ぶ。

彼らは数口スープを飲むと、ホッと一息吐いてふんわり笑った。

俺はそれから焼きそばや目玉焼きをつまみ食いしながら調理していたのだが、姉さんたちから焼きそばもくれと要求された。

体から酒精が完全に抜けきったようだな。

すると、竜種の方々や竜人族の人たちも焼きそばを食べてみたいと言い出す。

俺は出来立ての焼きそばを器に盛りつけ、その上に目玉焼きを載せ、昨日の宴の際に設置され、そのままになっていたテーブルに並べていく。

姉さんたちや竜人族の人たち、竜種の方々は揃って席につき、嬉しそうに焼きそばを食べていく。

のどかな朝食風景――だが、俺に休んでいる暇はない。

必ず誰かがおかわりが欲しいと言い出すだろうからな。

竜人族の人たち、特に子供たちが美味しいものを食べた時に自然に零れ出る笑顔を見て、焼きそばが受け入れられて良かったと内心安堵しつつ、手は止めない。

だがそんな中、いち早く焼きそばを平らげたモイラさんが声を上げる。

「カイル～。肉ねえか～肉～」

え……朝から肉を食べるんですか……？

そう思ったのが顔に出ていたのだろう。モイラさんが言い訳をするように苦笑いしながら言う。

「そんな顔すんなよ～。私だけじゃなくて周りからも同じ意見が出てんだよ。なんとかならねえか？」

俺はアイテム一覧《インベントリ》を確認する。

姉さんたちだけでなく、竜人族の人たちと竜種の方々が食べても問題ないくらい肉の貯蔵《ちょぞう》はあるようだ。

ただ、一つ確認しておかなければいけないことがある。

「肉を用意するのは全然いいんですが、調味料が変わらないから味付けは昨日と一緒ですよ？　それでもいいんですか？」

俺の言葉に、モイラさんは首を縦に振る。

「ああ、それはまったくもって問題ねえ。そうだろうと思って事前に聞いておいた。それでもみんな問題ない……どころか逆にまだ飽きるほど食べてないって言ってたくらいだ」

モイラさんの言葉に合わせて、竜人族と竜種はうんうんと頷いて同意する。

用意が周到なことで……。

「今ある焼きそばと目玉焼きはどうします？」

「焼きそばや目玉焼きが食いたい奴もいるんだってよ。だから大丈夫だ。ただ、悪いが大多数が肉を食いたいって言ってっから肉を多めに焼いてくれ」

本当に大丈夫なのかと心配になりながら竜人族の人たちと竜種の方々に視線を向けるが、肉が食えるという嬉しさに満ちた素敵な笑顔を向けてくるだけだった。

「分かりました。少し時間をください」

俺の言葉にモイラさんが笑みを浮かべた。

「よっしゃ!!　ありがとよ!!　美味い肉が食えるならいくらでも待つぜ!!」

ポーチから昨夜と同じくサーロインとヒレ肉を取り出す。

だがそれでは昨日と全く同じで味気ないと思い、牛のリブ、肩ロース、モモ、バラ、それから豚の肩ロース、バラ肉も取り出した。

色々な肉の味を楽しんでもらうことにしよう。

そうして肉を焼き始めると、目を輝かせた竜人族の子供たちや、ソワソワしながら近づいてきた姉さんたち、竜種の方々に周囲を囲まれることになったのは言うまでもない。

俺は、少しでも美味しいと思ってもらえるように素早く丁寧に焼いていくのだった。

第三話　竜の生活

竜人族は、朝食を食べ終わると各々の生活に戻っていく。

戦士たちは里の外の山に狩りに行き、それ以外の人たちは畑仕事や鍛冶《かじ》仕事へ。

子供たちは竜人族の長老たちから読み書き計算を、戦士から戦闘技術やトレーニング法を、主婦の方々から裁縫《さいほう》や料理なども教わるそう。

そして俺と姉さんたちはと言えば——戦士たちと共に山に狩りに来ている。

竜人族の戦士の中には男性もいれば女性もいる。何人かモイラさんと同年代の女性もいるようで、来客の中で唯一の男性である俺との関係について根掘《ねほ》り葉掘《はほ》り聞いているみたいだ。

周囲にいる年齢の高い戦士たちは俺とモイラさんの関係を勘違いしているのか、質問攻めを止めずに密《ひそ》かに盗《ぬす》み聞きしている。

俺が訂正したところで、かえって面倒なことになりそうな気がしたので、知らんぷりだ。

だが、そんな戦士たちの和やかな雰囲気が一瞬で真剣なものに変わる。

「いるぞ。切り替えろ」

狩りのリーダーである緑色の髪と目を持つ竜人族の戦士――ナルガさんがそう言葉を発しただけで、全員が口を閉ざした。

ナルガさんは他の竜人族とは違い、腕や脚、目元に鱗が生えている。そんな彼自身が強いのはもちろん、指示も的確でみんなが一目置く存在だ。

そんな彼の言葉で、一瞬で空気が張りつめた。

流石は一流の戦士だ、と俺は感心させられる。

今回の標的はと言えば、規格外の成長を遂げている一体の猪《いのしし》。体長が四メートルほどもある。

その巨体の至る所に幾つもの古傷が残っていることから、この山の厳《きび》しい生存競争を生き残ってきた歴戦の強者であることが分かる。

「今日の飯はあいつにしよう」

ナルガさんがそう告げ、全員が動き出す。

竜人族の戦士たちと俺たちは周囲に散開し、猪を包囲する。

しかし、山を生き残ってきた歴戦の強者は強者たる所以《ゆえん》を見せつけてくる。

猪の前方を塞《ふさ》ごうとしていた竜人族の戦士たちに向かって、不意を突く形で突進を仕掛けたのだ。

「気付かれているぞ!!」

竜人族の戦士たちはそんなナルガさんの警告に反応し、迫りくる猪の突進を避《よ》けようとする。

しかし、猪はその巨体に見合わぬ速度で駆けてきた。

想像以上の速度を前に、戦士たちの顔に驚愕《きょうがく》が滲む。

姉さんが魔力を一気に練り上げながら言う。

「カイル。合わせろ」

「了解」

俺と姉さんは周りの植物や木々を魔力で操り、猪の体に巻き付けて速度を落とす。

その隙《すき》に戦士たちは、突進の軌道上から抜け出す。

直後、猪は膂力《りょりょく》だけで植物や木々を引きちぎって拘束《こうそく》を脱した。

そして、こちらを鋭い眼光で睨みつける。

距離があるのに俺と姉さんに視線を合わせられているということは……個人を魔力で判断しているのか。

戦士たちも猪の狙いが俺と姉さんだとすぐに理解し、フォーメーションを変える。

「────!!」

猪は高い声で鳴くと、先程よりも強い踏み込みで弾丸のように突進してくる。

俺は左手に持つウルツァイト製のカイトシールドを構え、自身の体と共に無属性の魔力を纏わせる。

一秒も経たないうちに、猪と真正面から衝突した。

数十センチだけ地面に跡を残しながら後退したが、なんとか猪の前進を止めた。

俺は叫ぶ。

「中々やるなぁ!!」

「ブォォォォ!!」

俺と猪の力は拮抗《きっこう》しており、互いに一歩も引かない。

だが相手は残念ながら一頭で、俺には沢山の仲間がいる。

竜人族の戦士や姉さんたちが、猪の後方や側面から魔術や遠距離武器で援護してくれる。

しかし、猪もそう簡単には倒れない。どころか、魔力を使い始めた。

猪の全身を循環《じゅんかん》する高密度な魔力が骨格や筋肉のみならず、皮膚や体毛に至るまで強化していく。

シールドが、先程より一段と強く押される。

俺も魔力を練り上げ全身に循環させ、身体強化をしてそれに対抗する。

再度、数秒間拮抗していたのだが、先に猪が仕掛けた。

地面を砕くほど強く踏み込んで来たのだ。

一瞬で盾が弾かれそうになるが、カイトシールドに魔力障壁を展開して斜め後ろに突進のエネルギーを受け流す。

突進をいなされ、バランスを崩した猪はそのまま俺の背後に抜けていき、派手な音を立てながら木々や岩石を破壊していく。

猪が方向転換するまでの時間を使って、どうにか有利な形を作りたい。

俺は指示を出そうと口を開く。

「こいつの意識は俺が引き付けます!! みんなは――」

最後まで言い切ることは、出来なかった。

闖入者《ちんにゅうしゃ》が現れたのだ。

左右の腕の下にもう一対の腕を持つ、山の主《ぬし》と称される魔獣――四腕灰色熊《クワトロ・ブラッソ・グリズリー》が、二体。

南東と西から別々に現れたため、それぞれが戦闘音を聞き、猪の血の臭いを辿ってたまたま同時にやってきたということなのだろう。

片方は体毛が薄い黄色をしていて、土属性の魔術に秀《ひい》でていることが分かる。

灰色熊の名を冠している通り、通常体毛は灰色なのだが、上位の存在に至ると色が変化するのだ。

もう一頭は全身が薄い緑の体毛をしており、風属性に特化しているらしい。

「黄色の奴は私らの方で引き受ける!!」

そう口にしたモイラさんと竜人族の戦士たちは、薄黄色の個体の方へと集まる。

「緑の方は私らがやる」

姉さんがそう言い、薄緑の個体のもとにモイラさんを除いた《月華の剣》のメンバーが集結する。

「さっさと片付けるわよ」

「今日のお昼？　それとも夜？」

リナさんは余裕そうな口調だし、セインさんは討伐後の食事について考えているようだ。

「セイン。集中して」

ユリアさんがそう窘めると、セインさんだけでなく、《月華の剣》全員が表情を引き締めた。

こうしてそれぞれ戦う相手が決まった。

残った猪は、自ずと俺が相手することになる。

猪は目を血走らせており、大量の魔力を四本の脚に集中させているようだ。

しかし、魔力の流れを見るに、それは意識的に行われているわけではなさそうだ。

恐らく山で敵を殺すうちに身についた技術なのだろう。

「――――フゴッ!!」

声を上げて突進してくる猪に対して、俺は「来い!!」と叫ぶ。

猪が踏み込んだ瞬間に地面に蜘蛛《くも》の巣状に亀裂《きれつ》が走り、次の一歩で地面が大きく抉《えぐ》れる。

俺は再びカイトシールドを正面に構える。

距離を詰めてくる猪の動きに合わせてカウンターを決めようと、猪の頭頂部を注視していたのだが――猪は、ただ突進してくるだろうという俺の予想に反して、口を大きく開いた。

ここで俺は遅まきながら、猪の狙いに気付く。

猪が魔力で脚を強化したのは、速度を上げて突進の威力を増すためではなかったのだ。

脚に大量の魔力を循環させ分かりやすく強化することで、牙に意識を向けさせないようにしていたらしい。

敵ながら天晴《あっぱれ》だが、かといってやられるわけにもいくまい。

俺はどうにかカイトシールドを体と猪の牙の間に滑《すべ》り込ませた。

カァン！　という音が鳴り響いた。

瞬時にカイトシールドに魔力を纏わせて強化し、硬化させて防御力を上昇させたが、猪の突進力には耐えられず、ものすごい勢いで後方に吹き飛ばされる。

そして驚くことに猪の攻撃はそれで終わりではなかった。

猪は速度を落とさず、俺に追撃を加えるべく突進してくる。

宙に浮いたままの俺は数瞬考え、カイトシールドと自身の肉体の強化に使っていた魔力の属性を無属性から土属性へと切り替えた。

これで、より防御力が上がったはずだ。

次の動きをシミュレートし終えた俺は空中で体勢を整え、地面に足から着地する。

視線を猪の方へと戻すと、奴はもう目前まで迫ってきていた。

右手で、腰に差していたウルツァイト製のハンマーを抜く。

猪はそれに怯《ひる》むことなく、逆に更に強く踏み込んで加速してくる。

もう魔力を込めていることを隠す必要がないからか、先程より牙に濃密な魔力を纏わせているようだ。

確実に仕留めに来ている——が、今度はこちらも攻める！

俺は猪に向かって勢いよく飛び込む。

「オラァァ————!!」

そう叫びながら右手に持つハンマーを上段から振り下ろす。

猪は受けて立つように、ハンマーを噛み砕こうとする。

ハンマーと猪の牙がぶつかり——牙が根本から折れた。

そのまま流れるように下から上に向かってハンマーを振り上げ、猪の下顎に二撃目を叩き込む。

ハンマーが当たった瞬間、顎の骨が砕ける『めきゃ』という音がした。

俺はそれを聞きながら更に力を込め、ハンマーを空に向かって振り抜く。

猪の巨体が、上空へと舞う。

俺は追撃を加えるべく、地面を蹴って上空に飛び上がる。

そして、空中で四本の脚をじたばたさせて体勢を整えようとする猪の腹に、高速でハンマーを振り下ろす。

猪はロクに抵抗することが出来ないままその一撃を受け、地面に叩きつけられた。

それでもまだ辛うじて起き上がろうとしているが、蓄積されたダメージが大きかったからだろう、難儀《なんぎ》しているようだった。

俺は奴を確実に仕留めるため、ハンマーに付与した力を解放する。

このハンマーはベレタート王国の将軍であるエルディルさんの両刃斧《りょうばおの》を参考に、俺が作ったもの。

そのため、雷属性に特化している。

それ以外にも神話や生前好きだった映画を参考にしたせいで、破壊や殺傷に特化した、使える人が限られる武器になってしまったわけだが。

ともあれ、俺が戦闘に使う分には、これほど頼れる武器もあるまい。

俺が魔力を込めると、ハンマーはバチバチと高電圧の雷《いかずち》を纏う。

ハンマーを振り上げながら、立ち上がろうとしている猪の方に向かって高く飛び上がる。

そして、落下エネルギーを利用してハンマーを猪の顔面に叩き込んだ。

骨と牙の砕ける生々しい音――次いで、放電音。

その場には、焦げた臭いが立ち込めた。

俺は視線を猪へと向ける。

流石に、奴の命の灯《ともしび》は完全に消えているようだ。

すると、後ろから声がする。

「流石だ。ここまで巨大な猪を一人で仕留めるとは」

振り向くと、ナルガさんが立っていた。

周りには、木で作った急拵えの担架のようなもので二頭の四腕灰色熊を運んでいる姉さんたちや、竜人族の戦士たちもいる。

……敵を倒したのは俺が最後だったのか。流石に山の主と称される魔獣であろうとも、姉さんたちや竜人族の戦士たち相手では為《な》す術《すべ》もなかったんだな。

俺は息を吐いて緊張を解く。

「さて、狩りはどうします？　続けるんですか？」

そんな俺の言葉に、ナルガさんは首を横に振る。

「狩りの成果はこれで十分だろう。昼食の時間も近いしな」

そんなわけで、ポーチと同じく空間拡張の永久付与術式が付与されている俺の鞄《かばん》に、猪と二頭の四腕灰色熊を仕舞って里に戻ることになった。

竜人族の戦士たちが鞄の容量の大きさを羨《うらや》ましがっていたので、今回の件が落ち着いたら容量の大きい鞄を幾つか作ってあげようかな、なんて思いながら。


里に戻ると、里の子供たちが駆け寄ってきた。

俺が鞄から巨大な猪と二頭の四腕灰色熊を取り出すと、彼らは興奮した面持ちで「スゴイ!! スゴイ!!」と大声を上げながら周りをグルグルと走り回る。

子供たちから少し遅れてやってきた年寄り衆も狩りの成果を見て「これは近年稀に見る豊猟《ほうりょう》じゃ」なんて言いながら驚いているし、お母さんたちは「腕の振るい甲斐があるわー」なんてやる気を漲《みなぎ》らせている。

そしてアイロスさんも広場にやってくると、目を丸くした。

「これはまた、すごい獲物を仕留めてきたな」

その言葉に、ナルガさんが答える。

「長、カイル殿たちは優れた戦士だ。こっちの猪は、カイル殿が一人で仕留めたんだ」

それを聞いて、アイロスさんは『流石ですな』という視線を俺に向ける。

アイロスさんが俺を高く評価してくれるのは素直に嬉しいが、猪との戦闘に集中出来たのは姉さんたちや竜人族の戦士たちが四腕灰色熊を引き受けてくれたからだ。

それなのに自分だけが評価されるのをなんとなく気持ち悪く思った俺は、言う。

「俺だけの力ではないですよ。皆さんの協力のお陰で倒すことが出来たんです」

すると、アイロスさんは一瞬驚いたように目を丸くして、それから優しい笑みを浮かべる。

「慎《つつし》み深いことで。ともあれ、我が里の戦士たちがお力になれたのなら幸いですな」

そんなアイロスさんの言葉を聞いて、里の民も竜人族の戦士たちを褒めそやす。

戦士たちは尊敬や情愛の言葉を受けて照れ臭そうにしながらも、どこか誇らしげだ。

俺は、姉さんたちとそんな温かい風景を微笑ましく眺めるのだった。


その後、アイロスさんの指示で、里の大人たち総出で猪と二頭の四腕灰色熊の解体・調理を行うことになった。

ちなみに家事全般が不得手な姉さんたちは解体担当、俺は調理担当だ。

《月華の剣》は日頃から狩りなども行うため、解体は慣れたものだ。

とはいえ、あまりに豊猟だったために本日中に解体し切るのは難しい。なので、ある程度の量の肉や素材を切り出したら、残りは一旦俺の鞄に戻して保管しておくことになった。

というわけで、先に切り出した肉と、里の中で育てている野菜を使って昼食を作ることになったのだが――

「「「「「「先生。よろしくお願いします」」」」」」

今俺は、竜人族の台所を預かる女性たちから一斉に頭を下げられている。

なぜ『先生』なんて呼ばれているかと言えば、彼女たちに頼まれて昼食を作りがてら料理を教えることになったから。

宴会の際に作った料理や今日の朝食が大層お気に召したらしく、ぜひとも作り方を教えてほしいんだとか。

だが正直に言って、肉料理に関しては調味料で味付けしてただ焼いただけ。

焼きそばだって製麺には少しばかり手間がかかるが、それ以外は肉同様味付けして炒めるだけだったんだけど。

とはいえ、この世界における料理は前世の日本より遥かに簡素なものばかり。

塩を振って焼く、あるいは食材をそのまま素揚げにする、くらいのものだ。

それにしたってそんな堅苦しくされてもかえって恐縮してしまうのだが、頼まれてしまったものは仕方ない。

俺は竜人族の女性たちに言う。

「こちらこそ、よろしくお願いします。じゃあまずは、卵料理から作りましょうか」

竜人族の里では鶏《にわとり》に似た魔獣を飼育しており、一羽につき一日数十個ほど卵を産んでくれるそう。

なので、それを使った卵料理のレパートリーが増えれば、今後の生活にも大いに役立つことだろう。

目玉焼きくらいは普段から作っているようだったが、オムレツや厚焼き卵あたりは作ったことがないらしく、みんな興味深げに工程をメモしていた。

次に、植物油を使った唐揚げや野菜の天ぷらの作り方を教える。

オリーブに似た植物が近くに群生しており、里ではそこから植物油を抽出《ちゅうしゅつ》して調理用油を作っているそう。

火にかけると、ふわっと青い香りがする。

そこに俺がブレンドした衣を纏わせた肉や野菜を入れて、少ししたら完成だ。

衣を付けるだけで味わいと食感に変化が生まれることに、女性たちは大層驚いていた。

そして最後に、今回のメインである猪肉を使ったとある料理を教えることにした。

先程解体し、四百グラムごとに切り分けた猪肉をそれぞれに配る。

工程は、以下の通り。

まず、肉を細かく刻んでいく。

次に刻んだ肉をボウルに入れ、塩を加えてこねる。

ある程度こねて粘り気が出てきたら、空気を抜きつつ楕円形《だえんけい》に成形して、あとは焼くだけだ。

そうして出来上がったのは、猪肉百パーセントのハンバーグ。

周囲からゴクリと喉が鳴る音が聞こえた。

それも無理はない。香ばしい肉の香りと、零れ出す熱々の肉汁が嗅覚《きゅうかく》・視覚を刺激してくるのだ。

最後の仕上げにデミグラスソースをかけると、歓声が上がった。

これで完成——としても良いのだが、栄養バランスがあまりよくない。

ふむ、野菜をもう少し食べさせなければ。

そう思い立った俺はぱぱっとサラダも作った。

こうして料理全てを作り終えたタイミングで、女性陣の代表らしき竜人族の方が話しかけてくる。

「料理はやはり奥が深いです。とても勉強になりました。ありがとうございます、先生」

それに続いて、他の竜人族の女性たちも同じく頭を下げてお礼を言う。

「「「「「ありがとうございました!!」」」」」

こんなに丁寧にお礼を言われるほどのことではないんだが……。

俺は恐縮しつつも言う。

「……頭を上げてください。そんな大層なことはしていませんよ。肉料理や揚げ物といった比較的手順が簡単な料理しか教えられませんでしたし。またこの里を訪れるまでに、もっと料理のレパートリーを増やしてきます」

そんな俺の言葉に、女性陣はみんな感心したような表情を浮かべて――

「「「「「「流石です!!」」」」」」

……照れ臭いな。

とはいえ、何とか一通りの料理を教えきることが出来てよかった。

この短時間で教えた料理を彼女たちがマスター出来たのは、俺が教えるのが上手かったというわけではなく、彼女たちの元のスキルが高かったのが大きい。

流石は台所を戦場にしている料理番なだけある。

『古き習慣を大事にするが、新しきことへの挑戦を恐れない』というのが、この竜人族の隠れ里を作った最初の長老と竜種の考え方だったと、昨日の宴の時に竜人族に聞いた。それが料理でも発揮されていた形だな。

……なんてのんびり物思いに耽《ふけ》っている場合ではないようだ。

先程から、姉さんや里の民の熱い視線を感じる。

俺は苦笑いを浮かべて、女性陣に言う。

「では、皆さんお待ちかねのようなので、料理を運びましょうか」

彼女たちは自分たちで作った料理を皿に盛りつけ、テーブルに並べていく。

俺も、座って待っている姉さんたちのところへ料理を運ぶ。

そうして全ての人の前に料理が揃ってから、里長の号令で『いただきます』をした。

みんなが嬉しそうな顔でナイフとフォークを手に取る。

やはり一口目は、暴力的なまでの香りを放つハンバーグを食べたいらしい。

女性たちは、自分たちも腹を空かせているだろうに、リアクションが気になるようで固唾《かたず》を呑んでその姿を見守っている。

「う………」

真っ先にハンバーグを一口食べた子供が言葉に詰まった。

女性が心配そうな顔で聞き返す。

「う？」

一瞬の後、子供の顔がキラキラと輝く。

「美味《うま》い!!　美味しいよ!!　お母さん!!」

それを皮切りに、至る所で歓喜の声が上がる。

誰しもが食事の感想を満足げな顔で言い合い、笑っている。

ちなみに姉さんたちは我関せずと食べ続け、大変満足した様子で並べられた料理を完食。

ご機嫌で俺から解体途中の熊と猪を受け取り、解体作業へと戻っていった。

◇　◇　◇　◇

当初解体は本日中には終わらないという見込みだったが、みんながお肉パワーで元気になり過ぎてしまったからか、夕方前には終わった。

その分時間が空いてしまったので、竜人族の戦士たちの鍛錬《たんれん》に参加させてもらうことにした。

ちなみに少し離れた所から竜種と、竜人族の戦士の子供たちが見学している。

鍛錬の準備にもう少し時間がかかるとのことで、俺は竜種の方々の近くで待つことにした。

準備のために走り回っている竜人族の戦士たちの横顔には、緊張が滲んでいる。

敬意を抱く竜種の方々に、遥か前の世代から連綿《れんめん》と積み重ね、磨き上げてきた技や型を見てもらえると考えたら、それもやむなしか。

と言うのも、こうして竜種の方々が鍛錬を見に来るのは初めてらしい。

竜種はかなり大きいので、竜人族の動きを視認するのが難しく、これまで見学に来ることはなかったとのこと。

『これまでも里帰りをする度に宴が行われていたが、今回ほど美味しい料理が出てきたのは初めてだったな。密集することがなかった故、小さくなろうという発想すらなかったわけだが……体を小さくすればこうして戦士たちを間近で見ることも出来たのだな』

ある風竜がそう言うと、隣で真紅《しんく》の鱗の老火竜《ろうかりゅう》が楽し気に答える。

『そうだな。勇敢《ゆうかん》なる戦士の技を間近で見られるならば、小さくなるのも悪くはない』

その言葉に対し、黒茶色の鱗の老土竜《ろうどりゅう》が機嫌良さそうに鼻を鳴らす。

『それだけではない。これならば、子供たちとも気軽に触れ合える。もっと早くこうすればよかった』

竜種も人類種と同じように年齢を経るごとに肉体が成長していく。

成体と呼ばれる大人の肉体にまで成長すると、比較的小柄な竜でも五から七メートルほどの大きさになるし、大柄な土竜の中には山かと見紛《みまが》うほどの個体も存在する。

それにしても当然のように小さくなっていたけど、初めての試みだったとは。

とはいえ、小さくなるとそれだけ戦闘力も落ちるわけで、必要に迫られなければ試しすらしなかったのは納得出来る話ではある。

その必要に迫られて、が食欲だったのはなんだか格好のつかない話だが。

老いた竜種たちに、子供たちが群がっている。

親御さんたちは怒られないかと戦々恐々としているようだが、老竜たちはむしろ満足気だ。

大きな竜は動くだけで子供や赤ん坊に怪我《けが》をさせかねないので、これまで体の大きい竜は里のはずれで静かに過ごしていることが多かったらしいから（これも昨日宴会で聞いた話だ）、感激はひとしおなのだろう。

そんな風に目の前の光景をぼんやりと眺めていたのだが、視線を戦士たちに向けると、そろそろ準備が終わりそうなことに気付く。

俺は彼らの方へと歩いていく。

少しして、赤い髪と目を持つ竜人族の戦士が「では、今日の鍛錬を始めよう」と言う。

狩りの時はナルガさんが仕切っていたが、どうやら各分野ごとにリーダーがいるらしい。

この人は鍛錬担当のリーダーなんだな、きっと。

ちなみに赤髪の彼も、ナルガさん同様ところどころ鱗が生えている。

鱗が強者の証《あかし》なのだろうか……？

そんな彼の言葉に、竜人族の戦士たちは声を揃えて答える。

「「「「「「おう!!」」」」」」

俺はそれを聞きながら、気を引き締める。

この里の戦士たちは、エルディルさんやベレタート王に勝るとも劣らない雄《ゆう》たる戦士たち。

更に強くなるために、自らの大事な人たちを守るために、彼らから学び、吸収しなくてはと思う。

こうして、鍛錬が始まった。

俺らは最初は、見稽古《みげいこ》に専念することになった。

ガイウスさんとモイラさんも俺らに付き合って、ひとまず交ざらないらしい。

「……ほう、これはすごい」

彼らの動きを見ていると、思わずそう言葉が漏れる。

竜人族の戦士たちの技や型は基本に忠実で、癖がない。

俺は以前、モイラさんが言っていたことを思い出す。

『竜人族の戦闘における型は、基本に忠実であるからこそ、応用が利《き》く。だからある程度の年齢の竜人族の戦士たちは、独自の技や身体技法を使用することが出来る』というようなことを話していた。

竜の因子を完全に制御し、応用する戦い方を身に付けてこそ一人前の竜の戦士——というわけらしい。

それこそモイラさんもその身に宿す竜の因子の力を完全に制御出来る戦士であり、『若くして戦士たちから一人前と認められている』と誇らしげに語っていた。

そんなことを考えていると、今度は武具を使った鍛錬が始まる。

武具を使っていても、動きが洗練されているのは変わらない。

無駄のない挙措《きょそ》を見れば、基礎鍛錬《きそたんれん》を毎日欠かすことなく継続し続けているのが分かる。

俺もヘクトル爺に徹底的に基礎を叩き込まれた。だがこうして達人を前にすると、改めてその大切さを実感させられる。

「派手さはないが、放つ一撃一撃に魂が込められているのが伝わってくるな……」

そんな風に呟いていると、隣にいたガイウスさんが嬉しそうに笑みを浮かべながら言う。

「そう同胞が評価してもらえるなんて、嬉しい限りだ」

「俺も師匠たちから一通り武具の扱いを叩き込まれました。師匠たち以来ですよ、こんなに無駄のない動きを目にするのは」

「先祖代々、基礎を疎《おろそ》かにしないように口を酸《す》っぱくして言われ続けてきたからな。基礎が出来てないのに、応用など出来るはずもない、ってな」

「俺もそう思います」

それからもう少し彼らの鍛錬を見学した後に、俺らも交ざることに。

二人一組での乱取りを行うとのことなので、俺はガイウスさんと組む。

互いに気になった箇所を指摘し合い、近接戦闘時における徒手空拳《としゅくうけん》での動きを細かく修正していく。

しばらくして、お互いに納得する動きが出来るようになったので、俺とガイウスさんは一旦休憩。

俺は視線を子供たちと竜種の方々へと向ける。

反復練習しか行っていないのを見て、子供たちは飽き始めているようだった。

しかし、竜種の方々が剣術の訓練をしている二人組を指して『この木の枝で同じように素振《すぶ》りをしてみたらどうだ』と子供たちに言い、やらせてみると、彼らの表情が変わった。

真っ直ぐ振ることの難しさを痛感したようだ。

戦士たちがどれだけすごいのかを理解した子供たちは、キラキラとした目を向けるようになった。

俺はそれを微笑ましく思いながら、再度ガイウスさんとの鍛錬を再開する。

それから少しして、リーダーの声がする。

「次は模擬戦をやっていこう。カイル殿は引き続きガイウスと組んでくれ」

俺とガイウスさんは了解の返事をする。

「分かりました」

「おう」

それから俺らは向かい合わせになったのだが……ガイウスさんは武器を取らず、俺も武器を持てと言われない。

この里で行う模擬戦は、基本的には無手《むて》同士で行うらしい。

………おかしいな？　ヘクトル爺とこういった訓練をした際には俺は何も持つことを許されず、ヘクトル爺はどんな武器でも使っていいというルールだったんだが。

だから、てっきりどちらかは武器を使わなければならないのかと思っていた。

ガイウスさんにそれとなく聞いてみると、無手対武具での実戦形式のメニューもないではないが、武具を持つ方に何かしらの縛りを課すのがほとんどらしい。

更に続けて、「実戦形式とはいえあくまで鍛錬なので、命を落としかねないような攻撃は絶対にしないぞ」と言われた。

ヘクトル爺との鍛錬は、この世界において一般的な鍛錬ではなかったことが判明した瞬間だった。

別の意味での特別扱いであったことが分かってショックではあるが、過去のことに文句を言っても仕方あるまい。

子供たちは模擬戦を始めた戦士たちを食い入るように見つめている。

戦士たちはその視線を感じているのだろう、誇らしげだ。

「俺たちも始めるか」

ガイウスさんの言葉に頷いて答える。

「了解です。胸をお借りします」

「おう――遠慮なく来い」

ガイウスさんはそう言うと、構えることなく腕をだらりと下げる。

俺が仕掛けるのを待っているのか。

――上等！

俺は腰を落とし、真正面からガイウスさんの懐に一瞬で入り込むと、左拳を放つ。

ガイウスさんは体を反《そ》らし、最小限の動きで避ける。

それを見ながら俺は左脚を一歩前に踏み込み、顎を狙って右脚を蹴り上げる。

次の瞬間、気が付いたら宙に浮いていた。

「――――!?」

蹴り上げた右脚を掴まれ、放り投げられたのだという理解が後から追いつく。

すぐさま空中で体勢を整え、追撃を警戒しながら静かに着地。

しかし、ガイウスさんはその場から動くことなく、俺が仕掛けるのを待つのみだ。

――攻め方を変えてみるか。

俺が思い浮かべたのは、ドワーフの戦士であるエルディルさん。

彼が繰り出す重い質の拳や蹴りを自らの肉体でも再現出来るようにイメージし直し、繰り出す。

攻撃のリズムを細かに変えたり、フェイントを織り交ぜたりしているのだが、それでもガイウスさんは涼《すず》しい顔で攻撃を時に避け、時にいなしてくる。

おまけに――

「低い重心から放たれる重い拳や蹴り――ドワーフ仕込みか？」

俺の攻撃がドワーフの動きを元にしたものであるとガイウスさんが見抜いたことに驚き、俺は一旦距離を取り、言う。

「実際に教わったわけではありません。ただ技を見る機会があったので、それを自分なりに解釈し、再現してみました」

するとガイウスさんは、感心したような表情を浮かべる。

「それはすごいな。だが、それじゃあ調整不足だ。俺ならこうする――フッ!!」

ガイウスさんは一瞬で俺の懐へ入ると、先程の俺の動きを模倣しながら右拳を放ってくる。

しかし体の使い方や、拳を繰り出すタイミングが俺とは明確に違う。

俺はその拳を左の掌《てのひら》で受ける。

「なっ――!?」

迫る拳の速度は大したことはなかったが、十センチほど後退させられた。

拳を受けた腕に、痺《しび》れを感じる。

俺は一つ息を吐き、目を瞑《つむ》る。そして、今の一連のガイウスさんの動きを思い出す。

そして脳内で自分に投影し、反芻《はんすう》した。

目を開き、ガイウスさんに向かって駆ける。

そして先程の彼のように右拳を放つ。

ガイウスさんはそれを真正面から左腕で受け止め、十センチほど後退した。

驚いたように目を見開きながらも、彼は片頬を上げる。

「やるな、カイル」

それから俺らは模擬戦を中断し、ドワーフの動きを練習することにした。

動きを完全に自分のものにするために、お互いに拳を放っては修正してを繰り返した。

そうして五分が経過し——俺とガイウスさんはドワーフのパンチを完全に自分のものにしていた。

「ドワーフの動きはほぼ完璧に模倣出来たな。あとはその動きを体に染み込ませ、自分の技として使えるようになれば言うことなしだろう」

ガイウスさんの言葉に頷く。

「色々と学ばせてもらいました。日々の鍛錬で、更に磨き上げていきたいと思います」

「俺もドワーフの——他種族の動きを模倣するのは初めてだったが、非常に楽しかった。今まで竜人族の技をひたすらに磨くことばかり考えてきたが、違った技術を取り入れることでより強くなれるのかもしれんな」

ガイウスさんは柔軟な思考を持ち、戦士として強くなるためにとことん貪欲《どんよく》になれる人なんだな、と感心する俺だった。

それから俺とガイウスさんは模擬戦に戻った。

折角ならガイウスさんが知らないであろう動きを試したいと思い、俺は前世で得た知識を披露することに。

かつて格闘系の漫画に触発され、広く浅くだが各国の武術や格闘技などの戦闘技術を調べたことがあった。

転生してすぐの頃はうろ覚えながらもそういった動きの再現をして遊んでいたわけだが、その時の記憶を引っ張り出しつつ色々な技を繰り出す。

様々な武術の動きが混ざった、なんちゃって武術に対して、ガイウスさんは最初、怪訝《けげん》そうな表情を浮かべた。

だが、動きのバリエーションの多さを目《ま》の当《あ》たりにするに連れて、興味が出てきたようだ。

ガイウスさんが、俺の技を受けながら聞いてくる。

「なんだ、その動きは？　見たこともない型だな」

「かつて俺がいた場所で確立されていた武術の動きを再現してみました。ところでガイウスさんはパンチとキック、どちらを主体にした戦い方が得意なんですか？」

ガイウスさんは、少し悩んでから口を開く。

「どちらも苦手ということはないが……どちらかと言えば脚技の方が知りたいかな」

「分かりました。では脚技を主体とした戦い方をお見せしましょう。では――行きます」

俺はなんちゃって武術の脚技版――なんちゃって脚技をガイウスさんに見せる。

ガイウスさんは、最初こそ興味深そうな表情――余裕のある表情をしていたが、段々と目つきが真剣になっていく。

恐らく、俺の動きを一つたりとも見逃さないように集中しているのだろう。

ならば、俺も出来るだけ質の高い攻撃が出来るように集中せねば。

感覚を研ぎ澄ませていく。

それから五分ほどかけてなんちゃって脚技を一通り見せ終わったので、休憩することにした。

ただ、ガイウスさんは水分補給だけしてから「記憶が薄れてしまう前に今見た動きを再現したい」と言って腰を上げると、一人で稽古を始めてしまった。

改めて、ストイックな武人である。

そんな風に思いながらガイウスさんを見ていると、後ろから肩を叩かれる。

振り向くと、そこには少年のように目をキラキラと輝かせた赤髪のリーダーがいた。その後ろには、同じように目を輝かせながらこちらを見ている他の戦士たちもいる。

「カイル殿!!　今の一連の動きは素晴らしいな!!　我らにもご教授願いたい!!」

俺らが鍛錬に交ざりに来た側だけど、いいのだろうか……なんて思いながら姉さんの方に視線を遣《や》る。

姉さんは苦笑しながら頷く。教えてやれということだろう。

一人稽古に夢中なガイウスさんはそのままにして、俺はガイウスさんにしたのと同じように、戦士たちに次々となんちゃって脚技を見せる。

折角なので、なんちゃって武術の拳撃《けんげき》――なんちゃって拳撃も教えようかと提案した。

それに気付いたガイウスさんが慌ててこっちへやってくる。

また、子供たちも興味津々《きょうみしんしん》な様子でこちらを見ているのに気付く。

どうせなら、見栄えがすることをやった方がいいか。

全員が見やすい位置に魔術で人型のゴーレムを生み出し、演武をすることにした。

ひとしきり技を見せ終わると、みんなは拍手を送ってくれる。

そして子供たちも鍛錬に参加したいと言い出し、親たちが丁寧に指導し始める。

なんだか、ほんわかした鍛錬になってしまった。

だが、竜種の方々も嬉しそうだし、いいか。

みんながなんちゃって武術の練習に励み始めて、二十分ほどが経過した。

演武を終えてから、俺は教えを乞《こ》いに来た人たちを指導し続けていたのだが、やはりみんな戦闘における勘所《かんどころ》を掴むのが上手い。

戦士たちはなんとかあらかたの技を繰り出せるようになった。

子供たちも親譲りの戦闘センスの高さで、拙《つたな》いながらも見よう見まねのなんちゃって武術を披露出来るようになっていた。

子供たちは竜種の方々や親たちに褒められて嬉しそうにしている。

『短い時間で、見よう見まねであれだけ出来るようになるのは、子供といえども竜人族であるということですか』

俺が念話で話しかけると、青の精霊様が同意する。

『ええ。この星に生きる最強の一角たる竜種——その血と因子を身に宿しているから、幼くとも戦闘センスは抜群よね』

緑の精霊様も言う。

『個人差はあるが、竜人族の高い戦闘センスは血と因子による恩恵が大きいな』

赤と黄の精霊様は続けてガイウスさんを評価する。

『だが竜種の血と因子をその身に宿しているというだけじゃあ、世界の均衡を保つ調停者を任されることはねぇ。そう考えると、ガイウスの奴は立派なもんだ』

『日々の鍛錬を怠ることなく自らを鍛え上げなければ、竜の因子を完全に制御することは出来ない。

ただ力が強いだけの者ならいくらでもいる。だけど、そういう心の強さを持つ者は貴重』

優れた資質に恵まれたとしても、それを磨き上げなければ、成長は止まる。

日々の鍛錬を怠らずに自分を磨き上げられる精神力が大事だというのは、道理だ。

ここにいる子供たちも、鍛錬を続けてご両親やガイウスさんのような優れた戦士になってほしいな。

そんなことを思いながら子供たちを微笑ましく見ていると、赤髪のリーダーが近づいてきた。

彼は、すまなそうに頼み事をしてくる。

「カイル殿。申し訳ないのだが、耐久力のある的《まと》を作ることは可能だろうか？　出来れば敵の姿をイメージしやすいよう、先程演武の際に使っていたゴーレムのような形だとありがたいのだが」

俺はそれに対して、笑顔で頷く。

「大丈夫ですよ。どのくらいの大きさがいいですかね？」

俺は言いながら、様々な大きさや形の的を作って並べ、どれがイメージに近しいか聞いてみる。

赤髪のリーダーは、その中から竜人族の標準的な体格に一番近しい形の的を指差した。

「じゃあ、早速作りますね」

そう告げ、マネキン人形を模した人型の的をいくつか作る。

作業がてら今から行う鍛錬について聞くと、若い竜人族の戦士に竜の因子を制御する練習をさせるんだとか。

具体的には竜の力を引き出した状態——竜化状態になって、技を放つというメニューらしい。

普段は先輩の戦士たちを相手に行うらしいのだが、竜の力が暴発する可能性もあるために相当危険なんだとか。

とはいえ、そのために毎度的を作るのはあまりに大変過ぎる——そういうわけで「技を使っても大丈夫な的を多く用意出来るなら大変助かる」のだと、赤髪のリーダーは言う。

鍛錬が始まり、戦士たちは的を相手に見立てて技を仕掛けていく。

それを見守りながら、もっと効率的に鍛錬出来る方法がないか考える。

暫くそうしているうちに、あることを思いつく。

俺は、別の種類の的を作ることにした。

魔力で干渉し性質を変化させた土で人型の的を生み出し、魔術を付与した質の高い魔石をその中に埋め込めば、自律型ゴーレムの完成だ。

この自律型ゴーレムに埋め込んだ魔石に付与したのは、スライムアニマルたちと同じ太陽光を魔力に変換して、魔石の効果を持続させる魔術だ。

なので、スライムアニマルと同様に核となっている魔石が壊れない限り動き続けるし、それぞれ意思を持っているので、学習だってする。

俺はヘクトル爺やルイス姉さんたちの動きを真似て見せて、マネキン人形に体の動かし方を教え込んだ。

学習させている間、姉さんたちから『また何かやっているな』という視線を向けられていたが、気付かぬフリだ。

十分ほどでマネキン人形が滑《なめ》らかに動けるようになってきたので、戦士たちに自律型ゴーレムに改良したマネキン人形を渡しつつ、どのようなものなのか説明する。

戦士たちは驚きながらも、より実践に近い環境で技の練習が出来ると喜んでくれた。

それから改良したマネキン人形の手入れについても教える。

「この人形には心臓部分に魔石が埋め込んであります。それが核です。魔石さえ無事ならば動き続けますし、体の再生は可能です」

すると、横で聞いていたガイウスさんが質問してくる。

「魔石を残して体を完全に破壊してしまった場合は、どのように再生させるんだ？」

「それはですね――」

テミロス聖国との戦争が終わってから数日経ったある日、孤児院の子供が犬のスライムアニマルの片脚を欠損させてしまった。

それを修復する際に、スライムアニマルの核である魔石に付与した術式を改良し、周囲の物質を取り込むことで体を再生出来るようにしたのだ。

スライムアニマルの場合は、周囲に漂《ただよ》う水分を取り込んで体を構成する水属性の魔力に変換し、欠損部分を再構築する。今回作ったゴーレムは性質を変化させた土によって体が出来ているので、欠損してしまった部分は周囲の土を取り込み、欠損部位を再構築する形になるだろう。

核だけを残して体が全壊した場合は、必要なエネルギー量が莫大《ばくだい》なので、魔石に魔力を込めることで術式が起動する仕組みだ。

そういったあれこれを説明し終えると、ガイウスさんや戦士たちは驚きつつ、それを可能にする魔術に感心していた。

ともあれ、これで訓練はかなりやりやすくなったことだろう。

赤髪のリーダーは戦士たちに言う。

「では、各自カイル殿が改良してくれた人形を使って、力を制御する鍛錬を再開するように！　先輩の言うことをよく聞いて、決して慢心や油断せぬように気をつけよ」

「「「「「はい‼」」」」」

若い竜人族の戦士たちのやる気に溢れた返答が響いた。

そして彼らは、先輩たちに見守られながらその身にかけられている封印をゆっくり解く。

力を解放した彼らの目元、前腕、下腿《かたい》に魔力が集まる。

先程まで人間とさほど変わらぬ見た目をしていた彼らだったが、魔力が集まった箇所が竜の鱗に変化し、竜と人間両方の特徴をその身に宿す。

それから彼らはゴーレムに相対し、先輩たちに丁寧に指導されながら技を仕掛けていく。

しかしゴーレムは実際の敵同様に動き回るので、素直に攻撃を仕掛けても躱《かわ》されてしまう。

そんな様子を見て、先輩の戦士たちは自分たちの頃にもこれがあればと羨ましがっている。

先輩の戦士たちに話を聞くと、これまでに若い戦士の暴発した技を喰らって命を落とした者がいたそう。

危険を減らしつつ、実戦さながらに竜の因子の力を制御する鍛錬が出来るということの有難《ありがた》みを噛みしめているようだった。

今鍛錬している者の中には、初めて力を揮う者もいる。

彼らは自らに宿る強大な力に恐れを抱きつつも、世界を守護する竜の系譜《けいふ》として命尽きるまで責任を果たす覚悟を改めて決め、力を揮う。

時折出力を誤り、ゴーレムの体を吹き飛ばしてしまう者もいたが、核は相当丈夫なのでそうそう壊れない。であれば魔力を込めて直せばいいだけのことだ。

初めはあまりにも強大な自らの力に委縮《いしゅく》していた彼らだったが、段々と自然に竜の力を解放出来るようになっていく。

そんな様子を眺めていた俺のもとに、ガイウスさんが満足そうな表情を浮かべて歩いてくる。

「俺もゴーレムと鍛錬させてもらったが、これはいいな。竜の力を制御する練習だけでなく、普段の鍛錬にも十分使えるぞ。カイル、本当に貰っていいのか？」

「ええ、大丈夫です。魔石くらいしか使っていないですし」

俺がそう答えると、ガイウスさんは「ありがとう」と口にして軽く頭を下げた。

そして、続けて聞いてくる。

「こいつらの動きは誰を参考にしているんだ？」

「俺を鍛えた二人の師匠です。ほぼ完璧に再現出来ているので、こいつ相手に竜の因子を活かした攻撃を安定して当てられるようになれば、実践でも通用するんじゃないかと思います」

俺の返事にガイウスさんは暫く考え込んだ後、何かに気付いたようにハッと顔を上げる。

「二人の師匠って、ヘクトルさんとルイスさんか？」

ガイウスさんが兄さんと親交があったのは知っていたが、ヘクトル爺とルイス姉さんとも知り合いだったのか。

俺は頷く。

「ええ、その二人です」

「なるほど。あの二人の動きを再現しているのなら、ここまで手強《てごわ》いのも納得だ。だがそれくらいの方が良い鍛錬になる」

「それはよかったです。訓練の質に関してもそうですが、この人形を積極的に使ってもらって、悲しい事故が一つでも減ればいいなと思います」

ガイウスさんはどこか遠くを見つめながら、ただ静かに言葉を紡ぐ。

「……そうだな。鍛錬によって亡くなった戦士は多い。この人形によってそういった悲劇は少なくなっていくだろう……助かるよ、本当に」

「いえ、力になれたのなら幸いです」

それにしても、竜の因子を解放するのがこんなにも難しいことだとは知らなかった。

赤髪のリーダーやナルガさんは常に竜の鱗をまとっていたので、彼らは相当な実力者だったのだろう。

「ところで、そう考えるとこの里のリーダーたちは優秀なんですね。安定して竜化し続けるのは難しいんじゃないですか？」

「ああ。それが出来るのは、この里でも上位の戦士たちだけだ。なんならナルガは若く見えるが、この里の中でも高齢なんだ。孫もいるしな」

長命な種族は見た目が若いまま年を重ねていき、ある時がくっと見た目が老いる傾向にある。

ナルガさんもその例に漏れず二十代前半のような見た目をしているが、まさかお孫さんまでいるとは。

驚いて言葉を発せずにいる俺に、ガイウスさんははにかむ。

「だからこそ、そんな爺たちにさっさと隠居してもらうためにも、俺たち若い戦士は強くならなきゃいけないわけだ」

すると、そう口にしたガイウスさんの後ろからナルガさんが顔を覗かせ、ガイウスさんの肩をポンッと叩く。

「ほぉ、言うじゃないか。だが、まだまだ隠居するつもりなどない。衰《おとろ》えぬ爺の力を見せてやろう!!」

テンション高くそう言うナルガさん。

ガイウスさんは嫌な予感がしたのか、制止しようとする。

「ま、待つんだ爺。俺はカイルと話して――」

だがナルガさんはニヤリと笑い、その言葉をぶった切る。

「問答無用!!」

全身に魔力を循環させて、肉体を強化し闘気《とうき》を迸《ほとばし》らせるナルガさん。

ガイウスさんも竜の因子を解放し、赤い鱗を表出させる。

両拳に風を纏わせて殴りかかるナルガさんに対して、ガイウスさんも両拳に火を纏わせて応戦する。

互いの拳が合わさった瞬間、『ガキィン』という甲高く大きな音がした。

それを聞き、周囲の若い戦士たちはこちらを見る。

鍛錬こそ中断していないが、里屈指の実力者二人が戦っている事実に、興奮を隠しきれていない。

それを見て先輩戦士たちはため息を一つ吐いて、その戦いを見学させることにしたらしい。

結果、ナルガさんとガイウスさんを取り囲むように戦士たちが集うのだった。


突然始まったこの模擬戦は夕飯時まで続いた。

途中から魅せる技の応酬になり、最後は五連続で拳を打ち合わせて、終了。

レベルの高いショーを見せられた俺らは、ただただしばらく拍手を送るしかなかった。

それに触発されたナルガさんと同世代の戦士が「どれ、儂《わし》らも実力を見せるとするかな」と言い出し、ガイウスさん世代で能力の高い戦士たちに模擬戦を吹っ掛け始める。

見学していた子供たちや竜種も盛り上がり、ボルテージは最高潮。

……しかし、それを鎮めたのは竜人族の母さん連合の「いい加減にしなさい！　いつまでやってんの！」の言葉だった。

それが聞こえた瞬間に、その場にいた全員がピタリと一斉に動きを止める。

次いで発された「夕食だから帰ってらっしゃい」の一言で戦士たちは帰路に就《つ》く。

その光景に子供たちは震え上がり、竜種も奥さんの恐ろしさを思い出したのだろう、なんとも言えない表情を浮かべる。

結局彼らもナルガさんたちに続き、それぞれの家へと戻っていく。

そしてこの場に残されたのは、上の世代に振り回されて疲弊《ひへい》して動けなくなった、ガイウスさんたち世代の戦士だけだった。

第四話　鎮魂の儀

竜人族の里に来てから五日目。

朝一番に屋敷のチャイムが鳴り、姉さんが扉を開けると、そこにはアイロスさんとガイウスさんが立っていた。

二人はいつになく真剣な表情を浮かべている。

――ついにその時が来たか。

なんて思っていると、ガイウスさんが口を開く。

「準備が出来た。これから鎮魂の儀を行う」

ガイウスさんの言葉に、姉さんは重々しく頷く。

「そうか、わかった。支度するから暫し待ってくれないか」

俺らは武具の点検を入念に行い、身に着けて外へと出る。

そしてアイロスさんたちの後ろに付いて移動し、里の広場へ向かう。

中心部へと近づいていくに連れて燃え滾《たぎ》るような竜種の魔力と、竜人族の戦士たちの荒々しい闘気を強く感じるようになっていき、全身の肌がピリつく。

やがて、広場に到着する。

そこには、いつにない緊張感が漂っていた。

子供たちも鎮魂の儀の持つ意味は家族からよく言い聞かせられているようで、行儀よくしている。

その中にはあの肉を焼いている時に知り合った、赤眼の少女もいるようだ。

俺らが到着して少しすると、アイロスさんが全員に聞こえるように言う。

「これより、鎮魂の儀を執《と》り行う!!　リアマ殿が安心して逝《い》けるよう、送り出してやろう!!　彼の遺志を継いで、立派に生きていけると証明するのだ!!」

それに対して、広場に集まっている竜人族の戦士たちが雄叫《おたけ》びを上げる。

「「「「「「オオーーーー!!」」」」」」

続いて、真紅の火竜の中でも最も古株のルフスさんが、他の竜種を鼓舞《こぶ》するように叫ぶ。

『竜人族と共に我らが同胞に安息を!! リアマのために、我らの心を捧《ささ》げる!!』

竜種は、咆哮で答える。

『『『『『『グオォーーーー!!』』』』』』

そして、最後にアイロスさんとルフスさんが声を合わせて号令をかける。

「『ゆくぞ!!』」


それからアイロスさんとルフスさんを先頭に全員で十分ほど移動したところに、朱色に彩られた三つの大きな鳥居があった。どうやら、ここが竜の墓所の入り口らしい。

一行は、鳥居を潜り始める。

里の英雄であるところの転生者が建てたのかな、なんて思って足を止めてしまいそうになるが、今はその時ではないと考え直して前の人の背中を追う。

——最後の鳥居を潜った瞬間、何らかの結界の内部に入ったのがわかった。

どうやらここは異空間になっているらしい。

そしてそんな竜の墓場内部には、巨大な真紅の火竜が横たわっている。

彼が、今回葬送するリアマさんか。

リアマさんの遺体を中心に、淀んだ魔力が漂っているのを感じる。

遺体が、錆《さ》びついた機械のようにギギギッと小刻みに動き始めた。

竜種はそれを見て、動揺しているようだ。

予想よりも遥かに早く動き始めてしまったということなのだろうか。

リアマさんは、やがて立ち上がったと思えば、大きな咆哮を上げる。

ルフスさんはそれを見ながら獰猛《どうもう》な笑みを浮かべる。

『やはり、死してなおリアマは最強の火竜であるな‼　しかし、こちらにも強力な助《すけ》っ人《と》がおるのだ』

そう言ってこの場の誰よりも速く動き出す。

翼を羽ばたかせて、リアマさんとの距離を一気に詰めていく。

そんなルフスさんの背中には、いつの間にかアイロスさんが乗っていた。

それに続くようにして、他の竜種も動き出す。

土竜たちは一歩一歩大地を踏み砕きながら駆け、水竜たちは空中を泳ぎ、風竜たちは空を切り裂くように飛ぶ。

竜の因子を解放した竜人族の戦士たちも、アイロスさん同様そんな彼らの背中に飛び乗った。

姉さんたちも、これまでに仲良くなった竜種の背に乗り、戦線に加わる。

俺もティフォンさんの背中に飛び乗った。

彼はその身に魔力を纏わせ、上空へ向かってぐんぐん加速する。

俺たちの魔力に反応したのか、リアマさんが大きく口を開け、空を飛ぶアイロスさんたちに向けて太陽の如く輝く火球を放ってきた。

放たれた直後は小さかったそれは、急速に膨張する。

「ティフォンさん!!　先頭に!!」

『任せろ!!』

俺の言葉に頼もしい返答をくれたティフォンさんは逡巡《しゅんじゅん》することなく、一気に加速する。

俺は腕に水属性の魔力を集める。

「【武装付与・行雲流水《こううんりゅうすい》】」

巨大な火球は周りの空気を歪《ゆが》めるほどの熱を放ちながら迫ってきている。

俺とティフォンさんはそれを迎え撃つかのように、最前線へ。

俺は、右の掌を火球に向かって突き出す。

一秒後、掌が火球に触れた。

右手から、白煙が上がる。

火球は爆発することなく、ただ動きを止めた。

右腕から火球へと、水属性の魔力を一気に流し込む。

すると俺の掌が触れている部分から火球はゆっくりと凍《こお》り始め、やがて完全な氷の塊《かたまり》と化した。

俺は右手をグッと握り、氷塊を粉々に砕く。

――今度はこっちの番だ!!

魔力で周囲の水分に干渉し、先程の火球と同じくらい大きな水の球を生み出す。

そして左拳を振り抜き、リアマさんに向かってその水球を殴り飛ばす。

リアマさんは、体温を一気に上昇させ、周囲の空気を熱することで水球を蒸発させようとするが、
多少小さくなっただけで蒸発しきらない。

そのまま俺の攻撃はリアマさんの顔面に直撃し、堅牢《けんろう》な鱗に痕《あと》をつけた。

それを見て、ルフスさんは吠《ほ》える。

『我らも続け!!』

リアマさんに追撃を仕掛けるべく、竜種と竜人族は地上と空の両方から魔術を放つ。

しかし、リアマさんは巨大な尻尾を振り回し、魔術を防ぎつつ風圧で牽制《けんせい》。

更には両翼を羽ばたかせて巨大な体を浮かせ、俺たちと同じ高さまで上昇してきた。

戦場は空へと移動した。

地を這《は》う土竜たちには攻撃の手段がない――なんてことはもちろんなく。

土竜たちは、重力魔術を発動して空へと移動してきた。

リアマさんが、再び咆哮を上げる。

それをきっかけに濃密な火属性の魔力が溢れ出し、周囲に真紅の文字や紋様を組み合わせることで形作られた図──魔術陣《まじゅつじん》が幾つも展開される。

「こちらは数で押すぞ‼」

アイロスさんの言葉に、水竜の因子を宿す竜人族の戦士が応じる。

「いくぞ‼　重ねろ‼」

『水を司る同胞よ‼　頼むぞ‼』

そんなルフスさんの言葉に、水竜たちは体から濃密な水属性の魔力を溢れさせながら答える。

『任せなさい‼　みんな、合わせるわよ‼』

水竜たちの周りに瑠璃《るり》色の魔術陣が幾つも展開された。

それらから、巨大な水の槍が生ずる。

水竜の因子を宿す竜人族の戦士たちも、三人一組で同様に巨大な槍を生み出した。

それらが完成するのとほぼ同時に、リアマさんの生み出した魔術陣からも巨大な炎の槍が生まれた。

一瞬の静寂の後、リアマさんの炎の槍と竜種・竜人族たちの水の槍が、同時に放たれる。

その瞬間、周囲にいる竜種はリアマさんが放った炎の槍の威力を下げるために魔術を放つ。

しかし、リアマさんの魔力制御は超緻密。竜種の方々が放った各種魔術を以てしても威力はあまり落ちない。

そのまま炎の槍と水の槍は真正面から衝突し、大量の水蒸気が辺り一面に広がった。

どうにか相打ちにはなったものの――

「ティフォンさん!!　視界の確保を!!」

俺は叫んだ。

たった数秒であろうとも、実力者が技を繰り出す時間としては十分。

気を抜けば、一気に戦況は傾くだろう。

『承った!!　皆の者、吹き飛ばせ!!』

ティフォンさんの号令を受けて、風竜たちは辺り一帯の空気に干渉することで水蒸気を散らす。

だが、既にリアマさんの姿はそこにはない。

どころか、魔力も上手く隠されていて、魔力感知ですら位置を探るのは困難だ。

――これでも遅かったか！　魔力反応が消える寸前に、一瞬魔力が爆増したのを感じたが、魔王種となったオーガ並みの魔力量だったぞ!?

俺は動揺しながらも魔力を一気に練り上げ、全身に循環させる。

相手はまず奇襲を仕掛けてくるはず。それを防がなければ。

そう考えた俺は、魔力障壁を隙間なく幾重《いくえ》にも重ねる超高等技術である積層魔力障壁《せきそうまりょくしょうへき》を展開する。

層の数はなんと、三十五枚。しかも水属性と氷属性の魔力のハイブリッドで通常より硬度を上げた、特別製だ。

それを、この場にいる全員をカバー出来るほどに巨大なサイズで生み出した。

丁度そんな防御態勢が整ったタイミングで、僅かに残った水蒸気の煙が一瞬にして晴れる。

次いで、轟音が響く。

それがリアマさんの攻撃が積層魔力障壁を削る音だと理解するのに、一瞬を要した。

見えたのは、莫大なエネルギーの塊――竜種の奥義とも言える竜の息吹《ドラゴン・ブレス》。

それは、十秒ほどしてようやく消えた。

どうにか障壁はその姿を保っており、こちら側は全員無事。

だが、本当に紙一重だった。

障壁は、二、三枚しか残っていなかった。それすらも所々に罅《ひび》が入り、割れてしまいそうだ。

「あれだけの枚数の障壁を展開して、残ったのが壊れかけの数枚だけって、どんな威力だよ。しかもこれ、最大出力じゃないよな、きっと」

竜の息吹は溜めの時間が長いほど、威力が上がる。

今回は奇襲を目的としているから、早く撃つ必要があったために、溜めの時間はそう長く取れなかったはず。

それでこの威力、である。規格外だと言う他ない。

俺がそんな風に戦慄《せんりつ》していると、ティフォンさんが驚きの声を上げる。

『…………本気ではないとはいえ、リアマ殿の竜の息吹を真正面から止めるとは。カイルも十分に同じ領域《バケモノ》の怪物だと思うぞ』

……断じて認めたくない。

周囲を見る。

あんな最終兵器のようなレーザービームを放ってくるリアマさんと、特殊な里の生まれとはいえただ魔術とかにちょっと秀でているだけのエルフを同列にしないでもらいたい。

竜種の方々や竜人族の戦士たち、それに姉さんたち周囲の人々もティフォンさんと同じような表情をしていた。

……って、そんなことに気を取られている場合ではなかった。

リアマさんが再び動く。

両翼と尻尾に炎を纏わせ、その場で体を縦に一回転させる。

尻尾から、巨大な炎の刃を飛ばしてきたのだ。

更に自身の後方に火属性の魔力を圧縮し、魔術陣を配置。

そして、魔術陣を爆発させる。

爆風を推進力に変えて加速し、真っ直ぐこちらに突っ込んで来た。

それに相対するは、火竜に乗った赤き竜人族の戦士たち。

リアマさんに向かって突っ込んでいく。

先頭を飛ぶルフスさんは右腕に濃密な魔力を纏わせ、リアマさんが放った巨大な炎の刃に向かって横薙《よこな》ぎに振るう。

すると、それだけで炎の刃は跡形もなく消え去った。

そして、ルフスさんとリアマさんは真正面から衝突する。

彼らは同時に体を捻《ひね》り、尻尾を鞭《むち》のようにしならせて振り抜く。

尻尾同士がぶつかり合い、金属音のような鋭い音が鳴り響いた。

一拍遅れて、風が吹き荒れる。

二匹を見ると、尻尾同士で鍔迫《つばぜ》り合いを演じていた。

しかし、徐々にリアマさんが優勢になり始める。

それを見て、他の竜種が横腹や後方に回り込んで援護し始めた。

だがルフスさんが体勢を立て直すのは難しい。

『少しばかり苦しいぞ!!　どうにかしてくれ!!』

ルフスさんの声を聞いて、アイロスさんは指示を出す。

「ブチかましてやれ!!　ガイウス!!」

ガイウスさんの相棒である火竜は力強く羽ばたき、リアマさんの横腹に向かって一気に距離を詰めていく。

そして、ガイウスさんは右前腕に炎を纏わせ、拳を強く握り込む。右前腕を覆っていた炎が、拳に集約された。

魔力の流れを見るに、火属性の魔力による身体強化と風属性の加速系魔術を重ね掛けしているようだ。

二属性の魔力によって威力と速度が増幅された右拳が、リアマさんの横っ腹に叩き込まれた。

暴力的な熱によってリアマさんの肉体が焼ける。

リアマさんの体勢が崩れた。

これ幸いと、周囲からの援護射撃はいっそう激しくなり、形勢が逆転する。

それを見ていたアイロスさんはルフスさんの背中を駆け、彼の頭の上に来ると、魔力を練る。

全身からは闘気が放たれ、右前腕は紅い炎を纏う。

『アイロス!!　お前の戦士としての姿を若いもんに見せてやれ!!』

そんなルフスさんの言葉に、アイロスさんは闘気を更に滾《たぎ》らせることで答える。

そして、右腕を大きく振りかぶった。

「リアマ殿!!　もう一度お眠りくだされ!!」

アイロスさんはガイウスさんと同じように、右前腕に纏わせていた紅き炎を右拳に圧縮させる。

そして重心を低くして腰を勢いよく捻り、拳を繰り出す。

拳は、リアマさんの鼻先へ叩き込まれた。

――このフォームは、俺が教えたドワーフの拳か！

アイロスさんは俺とガイウスさんの模擬戦を遠目に見ていたが、それだけであそこまで完璧に再現出来るものだろうか。

達人クラスの武道・武術家になると、一度動きを見ただけで技や動きを模倣出来るらしいと漫画や小説で読んだことがある。

アイロスさんは若い頃に世界を旅し、長き時を生きてきた竜人族の戦士だ。

幾つもの修羅場を潜り抜けてきた歴戦の戦士ならば、俺の動きを見ただけでそれを盗むことも可能なのかもしれない。だが――

「あの年になっても力が衰えないなんて、すごいな」

そう感心する俺に、ティフォンさんが指摘する。

『カイル、勘違いしてはいけない。アイロスほどの強者であろうが、老いには逆らえんよ。アイロスがあれだけ動けているのは、ルフス殿が力を分け与えているからだ』

そう言われて、俺はより注意して魔力の流れを見る。

すると、アイロスさんとルフスさんの間に魔力のパスが繋がっているのがわかった。

「なるほど、魔力を分け与えて動きを補助しているんですね。流石は長き時を生き抜き、様々な修羅場を潜り抜けてきた老竜だ」

『魔力だけではない。生命力をもアイロスに一部供給しているのだ』

そんなことも出来るのか……。

俺は思わず絶句する。

生命力を貸しているルフスさんも、強すぎる竜の生命力を己の力に変えているアイロスさんもどちらもすごい。

そう感心しながら、視線を戦場へと戻す。

リアマさんはアイロスさんの拳を喰らい、頭から地上に向かって落下している最中だった。

アイロスさんとルフスさんは勢いよく降下し、更に追撃を加えようとしているようだ。

しかし、それはリアマさんの想定内だったらしい。

ルフスさんをある程度引き付けてから、リアマさんは体を横に一回転させ、尻尾による不意打ちを仕掛けてきた。

ルフスさんは、身をよじることでその不意打ちをどうにか躱し、その勢いのまま尻尾を振るおうとする。

だが、数多《あまた》の火球や炎の槍がルフスさんに向かって襲いかかる。

リアマさんは、墜落《ついらく》しているように見せながら、周囲に術式を展開していたらしい。

攻撃モーションに入っていたルフスさんだったが、強引に体を反対方向へ捻ることで初撃を躱す。

次いで降り注ぐ炎の雨を、その合間を縫うようにして避け切った。

そんな攻防の間に本来であれば俺らが追撃をかけるべきなのだが、火属性魔術は俺たちにも降り注いできたので、容易に近づけない。

俺たちが回避に専念している最中に、リアマさんは余裕を持って体勢を整えてしまう。

どころかリアマさんは魔力を急速に練り上げ、周りに巨大な真紅の魔術陣を五つも展開しているではないか。

あの魔術陣は、火属性魔術の中でも最高難易度の魔術の一つであり、対軍、対都市などに対して使う広範囲殲滅魔術《こうはんいせんめつまじゅつ》――【黒の巨人の破滅の剣《レーヴァテイン》】だ。

起動するのに膨大な魔力を必要とし、起動されたら終わりと言われるほどずば抜けた破壊力を持つ、まさに破滅をもたらす剣――それが、展開された五つの魔術陣からそれぞれ一本ずつ生み出される。

俺は叫ぶ。

「セインさん!!　リナさん!!　ユリアさん!!」

三人はただそれだけで、俺がこれから行おうとしていることを理解してくれる。

俺の傍までやってくると、ティフォンさんの背へと飛び移る。

「あれをやるわよ!!」

リナさんの呼びかけに、セインさんが冷静に答える。

「分かってる」

「術式構築は私がやるわ!!　二人は術式を安定させつつ、照準を合わせて!!」

ユリアさんはそう告げ、術式を構築し始める。

そんな彼女を先頭にして、リナさんとセインさんはそれぞれ左斜め後ろ、右斜め後ろに立つ。

二人は、ユリアさんの両肩に片手を載せた。

俺はそれを横目に、言う。

「それじゃあ――始めましょう!!」

俺はユリアさんの後ろ、リナさんとセインさんの間に立つ。

そして、武装付与の魔術深度を最大まで上げる。

これによって、普段各器官までで抑えている強化が、神経や細胞、更には骨に至るまでかかる。

――いや、まだだ！

俺は更に深くまで武装付与をかける。

武装付与による身体強化の効果が表れ、エルフである自分を構築している原子が精霊のような魔力体を構築している原子に近しいものに変質した。

全体的な能力がかなり底上げされ、魔力量も大幅に増加しているのを感じる。

そのタイミングで、姉さんとモイラさんもやってきた。二人もティフォンさんの背へ。

そして、ユリアさんの前に出ると、これから放つ術式の射線だけは確保しつつ、ティフォンさんの前面に積層魔力障壁を幾重にも展開した。

積層魔力障壁は魔力の消費が大きいが――それは俺が補う。

俺は背中から《月華の剣》全員に向けて魔力の糸を伸ばし、それぞれの背中へと繋げる。

そこから、魔力を供給していく。

ルフスさんのアイロスさんへの魔力譲渡を見よう見まねでやってみたが、いけたな。

これで守りも完璧だ――そう思った瞬間だった。

リアマさんが、更に魔力を練り上げ始める。

そして、口を大きく開く。

リアマさんの瞳が、一瞬煌《きら》めいた。

俺が意識を彼の口の奥へ集中すると、高濃度・高密度の魔力を感知した。

間違いなく、リアマさんは本気で竜の息吹を撃つ気だ。

しかし、最高難易度の魔術の術式を五つ維持しつつ、竜の息吹を放つのは彼をしても無茶だったようで、リアマさんの皮膚や鱗に罅が入り始める。

それでも、リアマさんは動きを止めることはない。

俺はこの場にいる全ての者に、念話で俺たちの後ろに下がるように伝える。

『全員、俺たちの後ろに!!』

「——ルフス殿!!」

アイロスさんがルフスさんの名を呼ぶ。

ルフスさんはアイロスさんの呼びかけに答え、すぐさま竜種に号令をかける。

『みんな、急げ!!　一秒でも無駄にするな!!』

全員が後ろに下がったのを確認した俺は、背中から無数の魔力の糸を伸ばし、この場の味方全てに繋げて魔力を供給する。

膨大な魔力を供給されたことに彼らは驚くが、俺が念話でこれから構築する術式に関して伝えると準備を始めてくれる。

それから数秒で、ユリアさんが構築した術式が完成した。
――なんとか間に合ったな！
そんな安堵も束《つか》の間《ま》、リアマさんは五つの術式を起動した。
触れるもの全てを焼き尽くすほどの熱量を持った炎の大剣が、こちらへ迫る。
「やるわよ!!　リナ、セイン!!」
ユリアさんの言葉にセインさんとリナさんが答える。
「合わせる」
「ぶちかますわよ!!」
ユリアさんが術式を起動する。
『【渦巻く大海の怪物《レヴィアタン》】』
瑠璃色の巨大な魔術陣から、肉体は水、鱗は氷で出来た巨大な水竜が五体現れる。
五体の水竜はそれぞれが炎の大剣に向かっていき、その剣身に嚙みついていく。
拮抗した状態が長く続いたが、やがて炎の大剣の剣身に罅が入り、破壊された。
しかし水竜の方も鱗は溶け、肉体は蒸発し、消滅。相打ちとなった。
ここまでは順調。後は竜の息吹を防ぐだけ――
そう思い、リアマさんの方へと視線を向ける。

瞬間、悪寒《おかん》が走った。

リアマさんが、あまりにも冷たい目で俺たちを捉えていたのだ。

そして、ゆっくりと大きな口を開いていく。

俺は、先程大技を撃ち終えたユリアさん、リナさん、セインさんの方を見る。

彼女たちは集中力を使い切ったようで、すぐに動けそうにない。

俺は三人を姉さんとモイラさんに任せ、ティフォンさんの頭の上に立つ。

ティフォンさんは、俺がリアマさんの魔力を前にしても絶望する様子がないのを見て、笑う。

『身震いするほどの魔力を感じても一切引かぬか。やはりカイルは傑物《けつぶつ》であるな』

俺たちの隣に火竜に乗ったガイウスさんが来る。

彼はただ無言で頷く。

俺はそれを見て、ガイウスさんに繋ぐ魔力の糸を更に増やし、より多くの魔力を供給する。

これによって、ただでさえ硬度が高いガイウスさんの作る魔力障壁は、より硬くなることだろう。

よし、ガイウスさんの魔力障壁を軸にしよう。

やがて、リアマさんの口が完全に開き切る。

口の奥へ向かって、直視出来ないほどの光量で炎が収束していくのが見えた。

そして、竜の息吹が放たれる。

俺はすぐさまみんなに念話で言う。

『皆さん、行きますよ‼』

最初に、真紅に輝く真円の魔力障壁が小さく展開される――ガイウスさんの生み出した魔力障壁だ。

それを中心にして、様々な色の障壁が生み出され、繋がっていく。

そう、俺がみんなに協力をお願いしたのは、全員で一つの盾を作ること。

障壁はどんどん大きく広がっていき、色とりどりに輝く超巨大な真円が完成する。

これは、ただ大きなだけの盾ではない。

あらゆる戦士の魔力によって構築されたこの盾は、名を【全てを祓う魔除けの盾《アテーナー・アイギス》】と言う。

全てを灰も残さず燃やし尽くす竜の息吹と、全員の魔力を連結させて生み出した特別な魔力障壁。

両者は真正面からぶつかり合う。

パリン、パリンと魔力障壁が端の方から砕けて空気に溶けていく。

段々と巨大な盾はその面積を小さくしていき、やがて最初の二分の一ほどの大きさになってしまった。

だが、リアマさんの竜の息吹も細く、弱々しくなっている。

それだけではない。それを吐き出す体もボロボロだ。

俺は確信する。

この竜の息吹を凌《しの》ぐことが出来れば勝ちだ――と。

だってリアマさんの体内から感じられる魔力はほとんどない。

肉体も魔力も、既に限界なのだ。

その証拠に、竜の息吹は先程までとは比較にならないくらいの速度で減衰していく。

――もう少し、もう少しだ!!

「踏ん張らんか!!　根性を見せよ!!」

『竜種の意地を見せよ!!　リアマを安心させるのが、残された我らの務めであると心得よ!!』

アイロスさんとルフスさんの言葉に、竜人族の戦士と竜種たちは、声を揃えて力強く応える。

「「「『『『おう!!』』』」」」

数秒とも数時間とも知れぬ攻防が続き、ついにその時が訪れる。

竜の息吹の最後の粒子が、空気に溶けた。

俺らの前には真紅の魔力障壁だけしか残っていない。

しかしその残った真紅の魔力障壁には、傷一つなく、罅すらも入っていない。

太陽の光が、そこに反射して輝いた。

この場にいる全ての者が、その光に竜人族と竜種の未来を見た。

それは驚くべきことに、リアマさんも同じだったようだ。

彼はボロボロの体を、孫と遊び疲れたお爺ちゃんのようにダラッと地面に横たえている。

そこからは、淀んだ気配や荒々しい魔力は感じられない。

代わりに、瞳には理性が宿っている。

最後に竜の息吹を放つ前にリアマさんの瞳が一瞬煌めいて見えたのは、理性の煌めきだったということか……。

そんなリアマさんに、アイロスさんとルフスさん、生前から特に親しくしていた者たちが近づいた。

『ワハハ、してやられたわ。かの御仁《ごじん》たちと契約している者を、助っ人として連れてくるとはな!! 儂も少々興が乗ってしまったわ』

リアマさんが楽しそうに笑いながらそう言うと、ルフスさんとアイロスさんはいきり立つ。

『興が乗ってしまったわ……ではないわ!! 好き放題暴れよって!! 最後のはなんだ!! カイル殿たちがいなければ防げなかったぞ!!』

「そうですぞ!! っていうかリアマ殿、途中から意識を取り戻しておったのですか!?」

リアマさんは、視線を斜め上へと逸らした。

『ふむ、なんのことか儂には分からんな』

嘘、バレバレである。

ともあれ、鎮魂の儀は無事に終わったということらしい。

だが、武装付与を解くことはしない。

三人の雰囲気を見る限り大丈夫そうだが、全員が全く警戒しないというのも良くないだろうからな。

そんな俺に向かって、アイロスさんが手招きをしてきた。

俺は、念のため周囲やリアマさんの魔力の流れを警戒するよう、ガイウスさんに伝えてから彼らのもとへ。

『久方ぶりの再会がこのような形になってしまい、申し訳ないですな』

リアマさんは俺の後ろに視線を向けて、そう言った。

どういうことだろうと思っていると、いつの間にか実体化していた緑の精霊様の声が後ろから聞こえる。

「気にすることはない。お前は自らの務めを果たしたのだから。胸を張って同胞たちに会いに行くといい」

青の精霊様が続けて言う。

「そうよ。貴方は自分の生涯《しょうがい》に誇りを持ちなさい。誰かに文句を言われる生き方はしていないわ」

リアマさんは緑と青の精霊様方の言葉に嬉しそうに笑う。

しかし、黄と赤の精霊様は静かに言葉を紡ぐ。

「だけど、貴方がいなくなるのは寂しい」

「そうだな。みんなでバカやってた時が懐かしいぜ」

それに対して、リアマさんは昔を思い出すように目を細めた。

『そう、ですな。どれもこれも、懐かしく良い思い出です』

それから、リアマさんと精霊様方は思い出話を始めた。

聞くに、精霊様方とリアマさんは旧知の仲だったようだ。

それも、俺が生まれるよりも遥かに昔からの。

なんなら途中から会話にしれっと加わったルフスさんも、リアマさんと同じように精霊様方と見知った仲だったらしい。

そんなこんなで、俺とアイロスさんは和やかな昔話の聞き役に徹《てっ》していた。

リアマさんの体は尻尾の方から徐々に崩壊を始めている。

当然ではあるが、理性が戻ったところで、死んだ事実は覆らない。

——これが、鎮魂の儀か。

竜に二度目の死を与える儀式だと聞いて最初は驚いたものだったが、未来を憂うる必要がないほ

どに我々は強いのだと示し、冥府《めいふ》へ思い残すことなく旅立たせる儀式だったわけだ。

少しして、精霊様方はリアマさんと語らえて満足したのか、彼に他の竜種や竜人族と話すように促す。

リアマさんは頷き、竜種や竜人族のもとへとゆったり歩いていく。

俺は最後の挨拶を邪魔しないように精霊様と一緒にこの場から離れようとして――リアマさんに引き留められた。

『カイル殿、まだらに朱が混じった白銀の髪に、朱色の瞳をした竜人族の少女と会ったか？』

恐らくあの食いしん坊な少女のことを言っているんだよな？

俺は答える。

「ええ、会いました。食いしん……とても綺麗で優しそうな子ですよね。あの子がどうしたんですか？」

俺の問いかけに、リアマさんがどこか安心したような表情を浮かべた。

『どうか、あの子を守ってやってくれ。気にかけてやってくれ。当然、時間の許す限りでよいが』

言葉の意味を測りかね、困惑していると、緑の精霊様が真剣な表情で言う。

『リアマ、安心しろ。カイルにはちゃんと彼女がどういう存在か言って聞かせるさ。……カイル。リアマの最期《さいご》の願い、遺言《ゆいごん》だと思って引き受けてくれないか？』

精霊様がお願いすることなど、滅多にない。

ということはつまり、これはそれだけ大事なことなのだろう。

俺は頷く。

「分かりました。彼女のこと、守ります」

それを聞いた緑の精霊様は、優しい笑みをリアマさんに向ける。

『とのことだ。だから、後のことは私たちに任せて、友人たちと語らい、ゆっくりと眠りについて休め。安心しろ。カイルは歴代で最強にして最高の契約者だ』

リアマさんは愉快《ゆかい》そうに笑う。

『ワハハ、そうですか。貴女がそこまで言うとは珍しい。ならば——後のことはお願いしますぞ』

リアマさんは、最後に俺の目をしっかりと見ながら言う。

そんなリアマさんに対して、俺は真剣な表情で頷いた。

それからリアマさんは、竜種や竜人族の戦士たちと語らう。

みんなの顔を一人一人順番に見て、『里と両種族の安寧《あんねい》の未来を託す』と語るリアマさんの表情はとても優しい。

残される竜種の方々と竜人族の戦士たちはそれに対して、誇らしさと寂しさがない交ぜになったような表情で頷き返している。

俺はそれを見ながら、俺にもいつか来るかもしれない祖父母や両親、師であるヘクトル爺やルイス姉さんたちから、里や世界のバランスを保つための機構の一つである世界樹について託される未来を想像した。

以前まではそういうしがらみとか使命だとかを面倒だと思っていた。しかし、今はなんだかそれも悪くないな、と感じる。

やはり、外の世界に出てみて良かった。

そう思っていると、リアマさんと別れを済ませたガイウスさんがやってきた。

「カイル、今回は助かった。正直、リアマ爺さんがあそこまで強かったとは、予想外だったよ。カイルたちを里に招待しなければと判断した自分の直感は、正しかったんだな」

「いえいえ。俺にとってもいい経験でしたよ。あまりこういう言い方は好きではないんですが、ガイウスさんとベレタート王国で出会ったことも、この里に招かれたことも運命だったと思います。そして、リアマさんと戦うことも……」

俺の言葉を聞いて、ガイウスさんも納得した表情で言う。

「俺も運命という言葉は好きじゃない。だが、今回ばかりはそういう言葉で括《くく》ってもいいくらいの必然性があったように思える」

リアマさんの真紅の鱗はボロボロに干からびて砂状になっている。

もはや上半身しか体は残っておらず、体高は当初の半分程度だ。

竜種と竜人族の未来への憂えが消え、白銀の少女を俺や精霊様方に託したことで心残りが消えたからか、急速に体の消滅が進み始めたのだろう、なんて俺は推測している。

体がどんどん小さくなっていくリアマさんを見て、竜種や竜人族の戦士たちは、顔をグシャグシャにしながら泣き崩れている。

リアマさんはそんな彼らを好々爺《こうこうや》のように優しく、慈しむような表情で見つめた。

互いにひとしきり別れを惜しむと、リアマさんは最後に俺と精霊様方の方へ視線を向ける。

そして、俺と精霊様方だけに思念を送ってきた。

『次代の世界樹の守護者よ、あの娘のことを頼みましたぞ。儂は竜神様と一緒にのんびりしながら、若いもんたちを天から見守らせてもらうとするかの。ワハハ!!』

俺も精霊様方も、頷いた。

それを見たリアマさんは安心したように目元を緩め、最後ににっこり笑いながら静かに消滅していった。

アイロスさんとルフスさんはぐいと一回目元を擦り、高らかに告げる。

「これにて鎮魂の儀は終了となる!!」

『みんな、家族の下に帰ろう!!』

竜種は空に向かって咆哮を上げ、竜人族の戦士たちは静かに武具や拳を上空に掲《かか》げて答える。

こうして、鎮魂の儀は終わったのだった。

第五話　竜の巫女

鎮魂の儀が無事に終わったことを祝い、リアマさんの死の悲しみをみんなで乗り越えるために、一晩中続く飲めや歌えやの宴会が開催された。

そこでは、前日に狩った猪の肉や里の野菜が振る舞われた。

竜種や竜人族はリアマさんとの思い出を語り合いつつ、時に涙し、時に笑い合いながら心の整理を行っているみたいだな。

ちなみに俺は今回も、調理部隊の裏方としてサポートを行いながら、姉さんたちの料理を作っている。

姉さんたちは食べる専門で、手伝ってはくれない。

ただ調理をする俺の傍で料理が完成するのを待っているだけだ。

いつもと違うのは、どんな時でも元気なモイラさんが、消沈《しょうちん》していること。

だからモイラさん以外のメンバーは、みんなで料理を食べさせてあげながらそんな彼女を慰めている。

その甲斐あってか、宴会が始まって暫くすると、モイラさんは少しずつ笑みを浮かべるようになってきた。

やがて、もう湿っぽいのは終わりとばかりに両頬をパンと叩くと、やけくそ気味に言う。

「も〜やめだ!!　元気だよ!!　お前らのお陰で元気になりました!!」

「そうか。それならよかった」

姉さんはそう言いながらフッと笑う。

リナさんとユリアさんも優しい笑みを浮かべる。

「そうね。それなら良かったわ」

「ふふふ、良かったわね」

「うん、良かった」

最後にセインさんがそう言って、小さく微笑んだ。

それからはモイラさんを、全員で揶揄《からか》うことにしたようだ。

モイラさんは珍しくお酒以外で顔を赤らめてはいるが、元気づけてくれた手前強くも言えず、されるがままになっている。

俺もモイラさんの好きな料理を優先的に作っては、何も言わずに渡して元気づけることにした。

本人は元気になったと言っているものの、そんなにすぐに感情の整理がつくわけないことくらい分かる。

そんな風に暫くは穏やかな時間が流れていたが、流石はモイラさん。食欲がすぐさま本調子に戻ったようで、料理を端から平らげては次々と追加の注文をしてくる。

姉さんたちもそれに便乗して、自分たちの食べたい料理を頼んでくる始末。

俺はため息を一つ吐いてから、料理を作るスピードを上げることにした。

そして、本調子に戻ってきたのはモイラさんだけじゃない。

「今夜は飲むぞ～!!　食うぞ～!!」

「おうとも!!　リアマ殿にこの楽しいひと時を捧げるのだ!!」

竜人族の人たちがそんな風に騒げば、竜種もそれに応じるように声を上げる。

『我々も共に!!　リアマ殿に!!』

『リアマ殿に!!』

『リアマ殿に』という声の輪は、どんどん広がっていく。

そうして宴が騒がしさを増していくに連れ、食べ物が減るスピードも上がる。

俺は姉さんたちの料理を作りながら、忙しくなり始めた料理人たちのカバーにも力を入れる。

どんどん慌ただしくなる調理場《せんじょう》を動き回りながら、俺は変質する前の体だったら今頃倒れてたな、なんて思うのだった。

それから少しして、ようやく忙しさのピークが終わったあたりで、調理部隊にいる竜人族の女性が眉根《まゆね》を寄せつつ話しかけてきた。

「カイルさん、今、大丈夫ですか？」

「ええ、大丈夫ですよ。どうかされたんですか？」

「いえ、あの………」

何か言いにくい用事なのだろうか。

そう思いながら周囲に視線を向けると、調理部隊のメンバーの子供たちが眠そうにしているのが分かった。

「お子さんたち、いつもなら寝る時間ですよね。料理に関しては俺の方で何とかしておくので、先に家に戻っていただいて構いませんよ」

「よろしいんですか？」

「遠慮しなくて大丈夫ですよ。子供は早寝早起きして、元気いっぱいでいることが仕事のようなものですから。皆さんにもそうお伝えください」

俺がそう言うと、竜人族の女性は一礼して、早速それを伝えに行った。

子供たちも、眠たそうにしながらも手を振ってくれたので、俺も笑顔で手を振り返す。

そうして彼女たちは家へと帰っていった。

広場から去っていく家族の後ろ姿に、前世で幼い頃に家族と出掛けた思い出を重ねて、少し感傷的な気持ちになってしまう。

一人になった俺は、黙々と料理を作り続ける。

暫くするとみんな満腹になったようで、食事から飲酒へとシフトしていく。

そして、夜を越して朝日が見える頃にはもう料理を作る必要はなくなった。

だが、それでもこの会自体は終わらない。

完全に酔っぱらった竜種がリアマさんの知られざる武勇伝や、恥ずかしい秘密などを竜人族の人たちに語っている。

それを遠巻きに聞いていると、アイロスさんがやってきた。

「カイル殿、一晩中拘束してしまって申し訳ない」

アイロスさんはそう口にして、更には頭を下げようとするので、慌てて止める。

「大丈夫ですよ、このくらい。慣れてますから」

「これだけの料理を作る機会はそうなさそう……いや、モイラたちに普段から食事を振る舞っていただいているんでしたな。いやはや、そう言ってもらえると助かります。ところで話は変わるのですが、朝食後にお時間をいただくことは出来ますか？」

　このタイミングでわざわざそう言ってくるということは、リアマさんの遺言について――かの少女に関する用件だろうか。

「分かりました」

　俺の返答に対して、アイロスさんは言う。

「レイア殿たちにも同席してもらいたいと思っています」

「了解です。落ち着いたら、アイロスさんのご自宅へ一緒に伺います」

　姉さんたちはまた二日酔いになるほど飲んでいるだろうから、体調を整えてやる必要があるだろうが。

「分かりました。お待ちしております」

　アイロスさんは俺に一礼し、自宅に向かって千鳥足《ちどりあし》で帰っていった。

　それをきっかけに竜種や竜人族も、ユラユラと体を揺らしながら帰路に就く。

　俺は正体がなくなるほど酔ってしまっている姉さんたちを強制的に眠らせて、土のゴーレムを生み出し、屋敷まで運ばせる。

　そして姉さんたち全員をベッドに寝かせて、ようやくゆったりお風呂を満喫した。

　風呂から上がり精霊様方に今後の予定を聞くと、俺たちが起きるまでの間、リアマさんを偲《しの》んで献杯をして過ごすとのこと。

精霊様方は飲み過ぎたところで酒精を分解出来るので、まぁ問題はないだろう。

俺はベッドに入り、静かに眠りについた。

◇　◇　◇　◇

それから数時間後。

いつかの宴会明けの翌日のように、姉さんたち全員から二日酔い醒ましの魔術をかけてほしいと要求された。

俺は魔術をかけてやってから、朝食のサンドイッチの仕込みを始める。

『これからアイロスさんに大事な話を聞きに行く』と伝えると、姉さんたちは風呂へと向かった。

風呂から出てきた姉さんたちは瞬く間に朝食を平らげると、物足りなそうな顔で俺を見る。

だが、出来るだけ早く向かった方が良いだろうと思った俺は、首を横に振った。

すると、姉さんたちにしては珍しくそれに大人しく従い、身なりを整えた。

ようやくいつもの凛々《りり》しい雰囲気を取り戻した姉さんが言う。

「よし。では、アイロス殿のご自宅に向かうとしようか」

モイラさんを先頭にして、アイロスさんの自宅へ出発した。

その途中で出会う竜人族の女性たち——主に調理部隊の女性たちから感謝を述べられる。

その度に「いえいえ、大丈夫でしたから」と返して互いに笑顔で別れて、先へ進む。

それから少し行ったところでは、獲物を探しに山に向かう竜人族の戦士たちに遭遇。

更に行くと、大人の竜人族と楽しそうに勉強をしている子供たちにも会った。

一生懸命に先生の話を聞く子、ボーッとして聞いているのか分からない子、チラチラと気になる異性を見ている子などがいて、微笑ましい。

そんな風に隠れ里の日常を見ながら歩くことおよそ十分。

俺たちはアイロスさんの家に到着した。

「爺さん～。来たぞ～」

玄関に入るなり発されるモイラさんの雑な挨拶に続き、姉さんが玄関から声をかける。

「朝早くからお邪魔する」

モイラさんと姉さんの呼びかけに、柔和な笑顔のよく似合う女性が家の奥から現れる。

見たところ、アイロスさんと同世代くらいだろうか。恐らく、アイロスさんの奥さんだろう。

ご婦人は玄関先まで歩いてくるのだが——足音が一切しない。

恐らく彼女も、ただ者ではない。

ご婦人がどのような方なのか聞こうとモイラさんの方を向くと、彼女は複雑な表情を浮かべていた。

会いたかったような、会いたくなかったような、悲喜交々《ひきこもごも》な表情である。

「……お、お久しぶりです。リ、リリル婆様」

モイラさんの挨拶に、ご婦人――もといリリルさんはニコリと笑って返す。

「はい、お帰りなさい。ほらモイラ、こちらに来て顔を見せなさい」

「……はい」

モイラさんは観念したように、リリルさんのもとへと歩いていく。

リリルさんは柔和な笑顔を崩さず、両手を広げてモイラさんを抱きしめようとする。

モイラさんもそれを見て、恐る恐る両手を広げた。

そして、あともう少しで抱き合う――そんなタイミングで、リリルさんがモイラさんに向かって一歩、深く踏み込む。

すぐに身を翻《ひるがえ》して逃げようとするモイラさんだったが、時既に遅し。

リリルさんはモイラさんのこめかみを、両の拳でグリグリする。

「モイラ。ガイウスから色々聞きましたよ。ええ、本当に色々と――反省しなさい」

モイラさんは返事することも出来ず、悲鳴を上げている。

……あれは絶対に痛い。

身震いする俺だった。

モイラさんの悲鳴を聞きつけたのだろう、アイロスさんが慌てたようにやってきた。

そして、玄関先でリリルさんによるモイラさんへのお仕置きが行われているのを見て、深い深いため息を一つ吐いた。


家の中に招かれた俺たちだが、玄関先からは未だにモイラさんの悲鳴が聞こえてくる。

だがそれはひとまず無視だ。アイロスさんが止めなかったわけだし、下手なことに首を突っ込みたくない。

姉さんたちはアイロスさんが用意してくれた、二度目の朝食を食べている。

さっきもサンドイッチ食ったろ、アンタら。どんだけ食うんだよ。これで冒険や依頼で体動かしてなかったら、絶対太ってるぞ。

そう心の中で文句を垂《た》れていると、姉さんたちは俺に鋭い視線を送ってきた。

こういった時の女性の直感は異常なほどの正確さを誇るので、これ以上危ないことを考えないようにしよう。

それから暫くして、モイラさんの悲鳴が止んだ。丁度そのタイミングで姉さんたちの食事も終わる。

廊下から、ズリ……ズリ……と何かを引きずるような音が聞こえてくる。

そして、リリルさんと、真っ白に燃え尽きた姿で引きずられるモイラさんが現れた。

「リリル。少しばかりやり過ぎではないか？」

アイロスさんが窘めるように言うが、リリルさんはピシャリと反論する。

「何を言うのですか。ガイウスに聞いたところ、この娘はウルカーシュ帝国で羽目を外し過ぎたそうですし、それ以外でも人様《ひとさま》に迷惑をかけまくっているらしいじゃないですか！　なので、これは必要な罰《ばつ》なのです‼」

それに関しては全くもって正論なので、アイロスさんもただ黙るしかない。

「た……たすけて。……カイル」

モイラさんが、左手を俺の方に伸ばしてくる。

相当にあのグリグリが効いたらしく、まともに動けなくなってしまっているようだ。

でも、モイラさんがガイウスさんの財布を苦しめたせいで俺の仕事が増えたことを考えると、なんだか擁護《ようご》する気にもなれず、視線を逸らす俺だった。

そんなモイラさんをリリルさんはポイッと居間に投げ捨て、アイロスさんの隣に静かに座る。

ゴロゴロと転がったモイラさんは、そのまま壁にぶつかり、止まる。

俺はせめてもの情けとして、まだ起き上がる余力のないモイラさんの近くに彼女の分の料理を持っていってあげる。

モイラさんはプルプルと震える右手で箸を握り、寝転がったままそれを食べようとする。

「モイラ？」

リリルさんが名前を呼んだだけで、モイラさんの動きがピタリと止まる。

般若《はんにゃ》のお面をリリルさんの背後に幻視してしまうほど、すさまじい威圧感だ。

これにはモイラさんだけでなく、隣に座っていたアイロスさんもビクッと体を震わせる。

結局モイラさんはプルプルと体を震わせながら、食卓にしがみつくようにして体勢を整え、ちゃんとした姿勢で料理を食べ始める。

だがそれでも辛そうだったので、俺はモイラさんの肉体に回復魔術をかけ、自然治癒力を高めてあげることにした。

竜人族は元々自然治癒力が高いので、ものの二分程度でいつもの元気なモイラさんへと戻る。

モイラさんは復活!!　とばかりに、用意された料理に勢いよくがっつく。

先程マナーを失して怒られかけたのに……なんとも逞《たくま》しい人である。

それを見たリリルさんは諦念を含んでいそうなため息を吐き出すと、投げやりに言う。

「……ハァ。あなた、例の話をお願いします」

「リリル。その前に自己紹介をしようか」

アイロスさんにそう言われ、リリルさんは自分が自己紹介をせずにいたことに気付いたようだ。

気恥ずかしそうに咳《せき》ばらいをしてから、居住まいを正す。

「そ、そうでしたね。失礼しました。私、アイロスの妻のリリルと申します。モイラがいつもお世話になっております」

リリルさんは頭を下げる。

背筋はしっかり伸びていて、挙措も凛《りん》としている。

「こちらこそ、いつもモイラさんには助けられています」

俺がそう返すと、リリルさんは優しい目をこちらに向けて言う。

「貴方は、カイルさんでしたね」

「アールヴの一族のカイルと申します。隣にいるのが、姉のレイアです」

そんな俺の紹介を、姉さんが引き継ぐ。

「アールヴの一族のレイアです。冒険者パーティ《月華の剣》でリーダーをやらせてもらっています。こちら右からパーティメンバーのリナ、セイン、ユリアです」

リナさん、セインさん、ユリアさんも自分たちの名前が出ると、軽く会釈《えしゃく》した。

それにしても姉さんが、いつもより大人しい。

食事の時にも静かだったし、挨拶された時だって、いつもなら俺より先に名乗りそうなものなのに。

もしかすると、リリルさんが怒った時の雰囲気が母さんにそっくりだからかな？

姉さんは小さい頃からヤンチャしては母さんの怒りを買っていたから。

そんな風に考えていると、リリルさんがアイロスさんに言う。

「それでは挨拶も済んだところで、あなた、例のお話を」

そうしてアイロスさんが語り出したのは、竜種の方々や竜人族の血の源流である、竜神様という存在について。

確か、リアマさんが天に召される時にも『竜神様と一緒にのんびりしながら――』みたいなことを言っていたっけ。

竜神様はこの星が守護者として生み出した最初の竜にして、今現在この世界に存在する全ての竜の原型《プロトタイプ》であり、最強の個たる存在だという。

全ての属性を司る本当の意味での万能の竜――そんな竜神様が星の許可を得て、自らの子供と言ってもいい各属性を司る竜たちを生み出していった結果として、今の竜の繁栄があるんだとか。

そして、そんな竜神様の全身は白銀の鱗で覆われ、朱色の瞳をしていると言い伝えられているそうだ。

ここまで聞けば、リアマさんがあの赤目の少女を守ってやってくれと頼んできた理由が分かる。

始祖の血を引いて生まれてくる先祖返り――その中でも竜神の特徴を色濃く受け継いだ存在が、あの少女だったということか。

そう俺が納得したのを見て、アイロスさんは話を続けた。

「竜神様の身体的特徴である白銀の髪に朱色の瞳を持って生まれた子供は、生まれつき魔力が膨大で、竜種の方々との親和性も非常に高いのです。そのため、竜の巫女《みこ》とも呼ばれます。昔は今よりも竜種の方々と仲が良かったわけではありません。だから竜の巫女として生まれた子供が、英雄と共に私たちと竜種の方々の橋渡しのような役割を担っていました」

竜人族にとっても、竜種にとっても竜神様は信仰の対象。

その血を色濃く発現した竜の巫女という存在は、橋渡し役に適していたわけだ。

アイロスさんは、声を低める。

「そして何より重要なのが、この間お話ししたこの里に封じている始祖の邪竜が、当時の竜の巫女の血を触媒《しょくばい》にした封印術式で封じられているということ。つまりは邪竜は、竜神様の力によって封印し続けられているんです」

それって、つまり――

「竜の巫女の血によって封印されているならば、同様にその血によって封印が解けてしまう可能性がある、と？」

その事実は、この里がどれだけ危ういバランスで成り立っているのかを示していた。

だって、パンドラの箱と、その鍵《かぎ》がセットで置かれているようなものじゃないか。

リアマさんが、精霊様方に念押ししてまで頼むわけだ。

「竜の巫女の血を用いて封印が破れるかは、私たちも分かりません。ですが、可能性は低くないと考えています。恥を承知で頼みます！　何かあったら助けていただきたい。リアマを失った今、里の戦力だけでは、不安があるんです」

「我々も――我が里も全てを懸《か》けて守る覚悟です」

アイロスさんもリリルさんも、真剣な表情でそう言い切った。

命を懸けて白銀の少女を守ることを一切躊躇《ためら》わない、覚悟を決めた竜の巫女の守護者の姿がそこにはあった。

モイラさんも食事こそ止めていないが、纏う気配はピリッとしている。

表情だって、アイロスさんたちと同じく覚悟を決めた者のそれだ。

少しして、姉さんが口を開く。

「分かりました。私たちも出来る限り協力したいと思います」

リナさん、セインさん、ユリアさんも続けて言う。

「私たちの故郷にも、同じように特別な存在がいます。だから気持ちは痛いほど分かるんです」

「そう。だから気にしなくていい」

「モイラの――親友の故郷ですし、他人事《ひとごと》じゃないです。何か出来ることがあるのなら、喜んで協力します」

そして最後に、俺も口を開く。

「俺は、リアマさんと約束しました。断る理由などありませんよ」

俺たちの返事に、アイロスさんとリリルさんは嬉しそうに頷き返してくれた。

モイラさんは『親友』という言葉に照れて、少し顔が赤くなっている。

そんなモイラさんを姉さんたちが揶揄い出した。

アイロスさんとリリルさんがその光景を微笑ましそうに見守る。

すると和やかな空気が流れる居間に、話題の中心である竜の巫女たる少女が、唐突に姿を現した。

彼女に注目が集まる。

しかし、当の少女は食卓の上に残っている姉さんたちの食べ終わった食器類と、まだ少し残っているモイラさんのご飯とを交互に見ている。

その内に、彼女のお腹から『クゥ』と小さく音が鳴った。そして、彼女はお腹をさすりながらリリルさんに言う。

「お腹減った。御飯ある？」

「用意してありますよ。すぐに持ってきますからね。モイラ、少し場所を空けてあげてちょうだい」

言われたモイラさんは、素直に横に退《ど》きながら少女を呼ぶ。

「ほいほい。アーシャ、こっちに来い」

竜の巫女ことアーシャは素直に頷き、てとてとモイラさんの方へ歩いていく。

「うん。……久しぶり、モイラ」

「あぁ。お前も元気にしてたか？」

モイラさんはアーシャの頭に右手を伸ばし、わしゃわしゃと撫でる。

アーシャは嬉しそうに微笑みながら答える。

「してた。みんなも仲良くしてくれる」

「そうか。それならよかった」

モイラさんは嬉しそうに笑い、もう一度アーシャの頭をわしゃわしゃと撫でる。

アーシャもそれを受け入れて、嬉しそうに笑みを浮かべている。

そこに起き抜けなのか、ガイウスさんが目をショボショボとさせながら大きな欠伸《あくび》をしつつ居間に入ってくる。

少し遅れて朝食を持って居間に戻ってきたリリルさんは、それを見てため息を一つ。

「ガイウス。まずは顔を洗ってスッキリしてきなさい。皆さん、ダラしないところを見せてしまってごめんなさいね」

リリルさんがそう言って謝ってくるが、姉さんたちも毎朝似たような感じで起きてくるので、特に気にするようなことではないな、と思ってしまう。

「いえ、大丈夫です。おはようございます、ガイウスさん」

「………………」

ガイウスさんは暫くボーッとしたまま立っていたが、リリルさんに言われた通りに顔を洗いにフラフラと歩き出す。

しかし、あと少しで居間から出るというところで驚いた表情を浮かべながらバッと振り返った。

そしてパクパクと口を開けたり閉じたりしながら、リリルさんとアイロスさん、俺と姉さんたち、最後にアーシャと順番に視線を滑らせる。

何か言おうとしたようだったが、結局開けた口をそのまま閉じてトボトボと顔を洗いに行った。

リリルさんに、『家族以外にはダラしないところを見せるな』と教えられているのに、目の前でその禁を破ってしまって言い訳を試みようとしたが打つ手なし……みたいな？

リリルさんは再びため息を吐く。

「ガイウスは自分が悪いと理解しているだけ、モイラよりマシですね。とはいえあの子も、もう少ししっかりしてくれれば、言うことないのですが」

アイロスさんがガイウスさんをフォローする。

「いいじゃないか、朝くらい。私も昔はあんな感じだったしな」

しかし、このフォローがいけなかった。

リリルさんの怒りのスイッチが入る。

「……そうでしたね。貴方の背中を見ていたために、ガイウスがどこか抜けた感じに育ってしまったんでした」

俺は、またしても般若の面をリリルさんの背後に幻視する。

リリルさんは持っていた朝食をアーシャに渡し、アイロスさんのこめかみにグリグリ攻撃を開始した。

アイロスさんは、情けない悲鳴を上げる。

もがきながらも、アイロスさんはモイラさんに視線で助けを求めるが、先程見捨てられたことを根に持っているのだろう、彼女は一瞥《いちべつ》もすることなく食事を続ける。

アイロスさんは徐々にぐったりとしていく。

やがてリリルさんは満足したようで、彼のこめかみから拳を離した。

床に倒れ込むアイロスさん。その姿に里長としての威厳はなかった。

そこに、タイミングよくガイウスさんが戻ってくる。

アイロスさんを悲し気な瞳で一瞬見つめたガイウスさんは、触らぬ神に祟《たた》りなしとばかりに静かに食卓につく。

「…………貴方もこうなりたいの？」

そう笑顔で言うリリルさんだったが、目はちっとも笑っていない。

『寝坊したのに食事を用意させるのか』ということか……。

ガイウスさんは恐怖で体を震わせると、すぐさま腰を浮かせる。

「ヒッ…………自分で用意します」

そそくさと朝食を用意して、静かに食べ始める悲しきガイウスさんだった。

そんな一連の楽しい（？）件《くだり》を、微笑みながら見ていたアーシャに視線を向けつつ、リリルさんは咳ばらいを一つして仕切り直す。

「アーシャ。皆さんにご挨拶なさい」

リリルさんの言葉に、アーシャは素直に頷く。

「……私はアーシャ。竜の巫女」

アーシャが自己紹介をしてくれたので、俺たちも名乗る。

「俺の名前はカイル。よろしくね」

「レイアだ。カイルの姉で、冒険者パーティ《月華の剣》のリーダーをやっている」

「私はリナよ。このレイアお姉ちゃんと同じパーティのサブリーダーをしているわ」

「ユリアよ。二人の友達で、愉快な仲間の一人よ」

「同じく。セイン」

竜の巫女として里に籠《こも》っていたアーシャに、冒険者とかパーティの意味が分かるのだろうか、なんて思っていたが、目を輝かせているのを見るに、大丈夫みたいだ。

モイラさんが続けて、補足する。

「私もこいつらと同じパーティに所属してる。今はみんな人間族の見た目をしているが実際の所は違う。それぞれが私たちと同じように秘密を抱えた奴らなんだ」

アーシャは俺や姉さんたちの顔を一人一人順番に見ながら、顔と名前を照らし合わせて覚えようとする。

「カイル、レイア、リナ、ユリア、セイン。……友達が一気に五人増えた」

そして余程嬉しいのか、アーシャはモイラさんやリリルさんにニコニコと笑いかける。

モイラさんとリリルさんは、目を細めて答える。

「あぁ、こいつらもお前らの友達だ」

「そうよ、よかったわねぇ」

それからアーシャは姉さんたちと、お喋り会を始めた。

アーシャは十一歳とまだ幼く、冒険の話に興味津々なようだ。

竜の巫女とは言っても、そういったところは年相応なんだな、とほっこりした気持ちになる。

姉さんたちは、アーシャに分かりやすく、かつ楽しめるようにと心掛けながら話している。

しかし、外の世界を知らないアーシャに言葉だけで冒険の様子を伝えることは難しく、結構苦戦しているようだ。

そんな姉さんたちの助けになれればと、俺は空中に大量の術式を展開する。

それを見たリリルさんが、問いかけてくる。

「カイル殿、一体何をなさっているんです？」

「アーシャには、言葉だけでは中々伝わりづらいのではと思いまして。もっと分かりやすく冒険の様子を伝えられないか試そうかと」

「ほう……それは面白い。見学させていただいても？」

「ええ、全然構いませんよ」

俺はそう答えると、術式に視線を戻す。

すると、アーシャもリリルさん同様に俺の行動に興味を持ったらしく、姉さんたちに俺が何をしているのかキラキラした目で聞く。

姉さんは、「暫く待っていれば面白いものが見られる」と勝手にハードルを上げるような答えを返した。

アーシャは、期待に満ちた目で俺を見てくる。

仕方ない、期待に応えるために頑張ってみるとしよう。

そうして試行錯誤《しこうさくご》しているうちに、アイロスさんが復活した。

彼は驚きの声を上げる。

「これは……様々な術式を組み合わせて再構築することで、全く新しい術式を生み出しているのですか!?」

作業に集中している俺の代わりに「ああ、そうだ」と姉さんが答える。

リリルさんは、俺のしていることに驚きつつも納得の表情を浮かべた。

「カイル殿は調停者として選ばれるに相応しいほどの力だけでなく、豊富な知識と柔軟な発想もお持ちなのですね」

そんなリリルさんの言葉に、姉さんは首を横に振る。

「調停者なのはあまり関係ありません。どちらかと言えば、私たちの師の影響ですね。師は誰も彼もがスパルタでしたから。とはいえカイルの魔術に関する造詣《ぞうけい》は、頭一つ抜けていますが」

俺らエルフは森を、世界樹を守護する者。

だが、里の周囲の森は俺たちに優しいわけではない。

一歩里の外に出れば、生き抜く力がない者は簡単に命を落としてしまうだろう。

エルフの戦士や狩人たちも、全員が先輩たちの厳しいしごきに耐えて一流の戦士へと成長し、故郷の里を守護している。

そういった連鎖が、エルフの戦闘力を高め続けてきたのだ。

そんな中でも俺は魔術のない前世からの転生者ということもあって、魔術に関しての訓練が好きだった。

小さい頃から訓練以外にも、前世のアニメや映画の知識を試し続けるなんてことをやっていたため、色々と器用にこなせるようになったのである。


やがて、術式が完成した。

さて、上手く起動するだろうか。

少し緊張しながらも完成した魔術を使う。

すると、空中に魔力で構成された大きなホログラムウィンドウが表示される。

そこには、エルフの里にある世界樹の姿が映し出された。

よし、無事に成功したようだな。

世界樹の頂上は雲の上まで届いているため、全貌を見ることは出来ないが、大きく広い樹冠《じゅかん》は溢れんばかりの生命力を主張し、幹の太さから規格外の大きさであることが分かる。

みんな、見慣れないホログラムウィンドウから目が離せないでいる。

俺が開発したのは、記憶の中にある風景を、一枚の写真——精巧《せいこう》な画《え》としてホログラムウィンドウに映し出す魔術。

そうみんなに説明してみたのだが、ポカンとされるだけだった。

それから少しして、ふと思いついたようにリリルさんが質問してくる。

「この画を映し出す魔術は当然すごいですが、世界樹も中々に規格外ですね。初めて見ました。これだけ大きいと、他のものたちから存在を認識されてしまわないのですか？」

「世界樹自身が存在を誤魔化したり認識させないように妨害《ぼうがい》したりするのに力を使っているから、滅多なことがない限り、見つかることはありません」

俺の説明に、アイロスさんとリリルさんは改めて感心する。

ふと、先程から何も言葉を発していないアーシャの方を見る。

彼女の目は世界樹に釘付けになっており、言葉を発するのも忘れているようだった。

そんなアーシャに悪いとは思うが、俺は「皆さんすみません、一旦画面を消しますね」と告げ、ホログラムウィンドウを閉じた。

それから俺は、《月華の剣》の全員に今作ったばかりの術式を教えていく。

この術式を覚えれば、姉さんたちの語る冒険譚《ぼうけんたん》がよりいっそう迫力のあるものになるだろう。

折角なら開放感のある場所で見た方が良いだろうということで、中庭に出て、一人一人順番に試してもらうことにした。

まずセインさんが映し出したのは、色とりどりの花が咲《さ》き誇る花畑。

リナさんは、悪魔種の者たちによる大規模な祭りの様子。

ユリアさんは、地面に寝そべり眠っている複数の尾を持つ巨大な狐《きつね》たち。

最後に姉さんは、「この方は、私とカイルがとてもお世話になった大切な方だ。今はもうこの姿ではこの世にいらっしゃらないが」と口にして、今や彼女の剣になっている古真竜《こしんりゅう》のお爺ちゃんの姿を映し出した。俺と姉さんが小さい頃に世話になった彼は、名をアートルムという。

すると、アイロスさんとリリルさんはとても驚き、アーシャは大興奮してぴょんぴょんと跳びはねた。

「こ、この方は――古真竜様!!」

「間違いありません。あの漆黒の鱗と瞳の古真竜様は、遥かな太古の時代から竜神様を守護し続けてきた、陽《ひなた》と対をなす陰《かげ》の一族の先代竜王様です」

「すご～い!!　カッコいい!!」

アートルム爺ちゃんは、竜種の中でもすごい存在だったのか。

竜種の原点にして頂点たる竜神様の側近だなんて、エリート中のエリートだよな!?

そんなことを考えていると、ガイウスさんがふと気付く。

「……アーシャ、どうして泣いてるんだ？」

「え？　……ホントだ」

アーシャ本人も気付かぬ内に、自然と涙が零れていたようだ。

リリルさんとアイロスさんは涙を拭いてやりながら、「大丈夫か」と気遣う。

もしかして、アートルム爺ちゃんの姿を見たことで、アーシャの血の中に宿る竜神様が反応してしまった……とか？

そう思っていたら、竜人族の四人は、突然アーシャに片膝をついて頭を垂れた。

「皆さん、どうしたんです？」

俺の問いかけに答えたのはアイロスさんでもリリルさんでもなかった。

『貴殿はカイル殿でしたね。それから貴女がレイア殿。アートルムが最後の時を楽しく過ごせたのは、お二人のお陰です。ありがとう』

アーシャの普段の声に、柔らかな雰囲気の優しい声が重なっている。

この声の主は、もしかして。

「あなたは……」

『カイル殿の予想通りですよ。私はこの娘の血の中で生きている、竜神と呼ばれる存在の一部です』

竜神様はそう言って、アーシャの顔でニコリと笑う。

「アートルムは、老後は世界樹の傍で過ごし、そのまま眠りたいと言っていました。それを聞いて静かに暮らせるように、気を遣わせないようにと私も寄り付くことはしませんでしたが、善《よ》い最期を迎えられたようで、私としても嬉しいばかりです」

なぜエルフの隠れ里の近くに、竜種の最上位存在である古真竜がいるのだろうと思っていたが、世界樹が関係していたとは。

長年の謎が解けたような心地だった。

アートルム爺ちゃんと過ごした日々を思い出していると、竜神様が何かに気付いたように姉さんを見る。

姉さんは竜神様の前へと移動する。

そして、時空間魔術によって生み出した異空間に手を伸ばし、一振りの剣——アートルム爺ちゃんの魂が宿った、彼の牙を加工して作った剣を取り出した。

その瞬間、竜神様が嬉しそうに顔を綻《ほころ》ばせる。

「お久しぶりですな。我が主《あるじ》よ」

剣から、アートルム爺ちゃんの声が発せられる。

竜神様は柔らかく微笑みながらそれに答える。

『ええ、久しいですね。アートルム』

姉さんが、剣を空中に放り投げる。

放り投げられた剣から魔力が溢れ出し、剣を中心にして漆黒の鱗と瞳をした半透明の小さい竜を生み出す。

それを見て、竜神様もいつまでもアーシャの肉体を借りているのはよくないと思ったのだろう。

同じように、剣から生まれたミニ竜と同じくらいのサイズの、白銀の鱗に朱色の瞳を持つ小さい竜を生み出した。

アーシャは目をパチクリさせながら、手を握ったり開いたりして調子を確かめている。

どうやら竜神様は、生み出した竜に意識を移したらしい。

ミニ竜の姿となった竜神様は『いきなり肉体の支配権を奪ってしまい、すまなかった』とアーシャに謝っている。

体の支配権を奪われるのが初めてだったのか、アーシャは困惑しているようだった。

アイロスさんやリリルさんに助けを求めるように視線を向けるが、二人とも片膝をついて頭を下げたままだ。

仕方ないので俺が助け舟を出す。

「竜神様、アーシャが困っていますよ。アイロスさんたちへ、普段通りに振る舞うよう、竜神様から仰ってください。でないといつまでも四人はこのままですし、アーシャも困り続けてしまいます」

『それはいけませんね。今代の長アイロスとその妻リリル、それに調停者たるガイウスにその妹モイラよ。楽にしてください』

こうして、ようやく四人は顔を上げた。

それからは、自然にそれぞれグループに分かれた。

まず竜神様が、アートルム爺ちゃんと思い出話に花を咲かせ始める。

アーシャは姉さんたちにワクワクとした顔で冒険話の続きをせがむ。

アイロスさん、リリルさん、ガイウスさんは手持ち無沙汰《ぶさた》なのか、食器とかを片づける。

……なんだか、一気に緊張感のない場になってしまったな。

姉さんたちは、竜神様とアートルム爺ちゃんを一瞬チラリと見てどうしようかと考えていたが、
結局、アーシャに記憶を見せることにしたらしい。

俺もそちらに交ざることにした。

「これは、私たちがお試しでパーティを組んだ時の記憶だな」

姉さんの言葉に、リナさんが相槌《あいづち》を打つ。

「あの頃は、レイア以外は人間族だと思っていたから、一回限りのパーティだと思って参加したのよね～」

それを聞いて、アーシャは不思議《ふしぎ》そうな表情を浮かべた。

「そうなの？　でも今はみんな仲良しだよね？」

セインさんとユリアさんが微笑みながら答える。

「うん、今ではすっかり仲良し。お試しで組んでみて気が合ったから、パーティに入ってみてもいいかなって思った」

「私もリナと同じ感じだったけど、これだけ気が合うなら人間族でもいいかなって思って。組んでみて正解だったわよね」

そうして《月華の剣》の五人は微笑み合う。

アーシャは続けて質問する。

「みんなが人間族じゃないっていつ分かったの？」

それは俺も聞いてみたかった質問だ。

五人が目を見合わせた後、モイラさんとリナさんが苦笑いを浮かべながら口を開く。

「商人のナバーロって奴の護衛で南の国へ随行したことがあったんだ。その時に魔物の群れが突然国に突っ込んでくるってんで、国からの依頼で私たちが緊急招集されたんだ」

「で、相手がちょっと厄介なタイプの魔物だったから、少しだけ力を解放したのよ。他の亜人なら気付いてもおかしくないけど、人間族なら気付かないでしょうって思ってね。でも、そう考えていたのは私だけじゃなくて全員だったってわけ」

「そうそう、お互いに『お前ら人族じゃねぇな!?』ってなったんだ。懐かしいなぁ」

モイラさんは笑いながら、そう言う。

それからも、姉さんたちは《月華の剣》伝説を話し続けた。

姉さんはリーダーとはこうあるべきという持論を語り、リナさんは姉さんのようなリーダーを持つと、サブリーダーや周りの人間がどのように苦労するかを説《と》く。

更にモイラさん、ユリアさん、セインさんは自分たちの暴走話を脚色して面白おかしく伝え、その後に涙をホロリと流しながら「その尻拭いにどれだけ苦労したか……」と言うリナさんを見て、問題児三人は冷や汗をかくことになった。

そんな彼女たちを、アーシャはとても楽しそうに笑って見ている。

俺は途中から縁側に移動して、座りながらその様子を眺めていた。

すると、その両隣にアートルム爺ちゃんと竜神様が移動してきたので、真面目な話かと気持ちを切り替える。

ここならいいかと、精霊様方も実体化してきた。

最初に口を開いたのはアートルム爺ちゃんだ。

『主よ、聞いてくだされ。儂は、カイルにもレイアと同じく儂の牙を残したのです。レイアは時々ではありますが、質のいい魔力をたらふく喰わせてくれるのですがの～。カイルの奴は……』

アートルム爺ちゃんの愚痴《ぐち》が長引きそうだったので、強引に話を遮って反論する。

「爺ちゃんもあれは、簡単に見せびらかしていいものではないことくらい、分かるでしょう？」

俺の反論に、アートルム爺ちゃんは続ける。

『うむ、分かっておる。しかし、あれほどまでの業物《わざもの》は、そうそう拝めるものではないぞ？　散り行く者にならば、見せてやってもよいのではないのか？』

それを聞いていた竜神様もどうやら、俺が渡されたものに興味を示し始める。

『アートルムがそこまで言うとは珍しいですね。私も興味が湧いてきました』

「見せるにしても、ここではちょっと……」

俺は言いながらチラリと精霊様方に視線を向けるが、全員が揃って首を横に振る。

アートルム爺ちゃんも竜神様も、それを見て残念がっている。

俺も姉さんもそれぞれ、アートルム爺ちゃんから牙を一本貰った。

姉さんは里長に相談してすぐさま錬金術師や鍛冶師に協力してもらい、刀身が少し反った剣に変えた。

俺はそれが終わってから、同じく錬金術師や鍛冶師と共に研究を重ね、姉さんの剣を作り出した時より更に時間をかけてようやく得物を完成させたのだ。

『完成したものを一目見た時、あまりの素晴らしさに魂が震えたものだ』

あれが完成した瞬間のことは今でも思い出せるし、その時の感触や匂いも記憶に刻まれている。

アートルム爺ちゃんがそう言うのもよく分かるほど、良い出来だったのは確かだ。

「あれを完成させるために、似た性質の素材を使って幾度となく失敗を重ねたよね。だけど、その甲斐あって確かに満足のいくものにはなった」

竜神様はそんな俺らの会話を聞いて、よりいっそう強い興味を抱いたようだ。

『ますます気になりますね。チラリとだけでも見せてもらえないものですか？』

「ちょっと待ってくださいね……」

竜神様相手にバッサリと断り続けるのも失礼かと思い、精霊様方に念話でもう一度確認する。

『あの……やはりダメですか？』

少し間を置いて、緑の精霊様が返事する。

『それこそ死にゆく者にならば見せても問題はなかろう。だが、それ以外の場で見せるとしたら特別な場を整えてからだな』

青、赤、黄の精霊様方も同意見のようで、頷く。

『にしても、私たちもあそこまでのものが出来上がるとは思ってなかったわよね～。だからこそ容易には見せられないというか……』

『恐るべし、エルフの業《わざ》』

『あれには見るものを魅了する妖《あや》しさがあるからな』

それをひと通り聞いて、緑の精霊様は『あれを見せるなら』と切り出す。

『慎重を期して、世界から切り離した異空間へ行くべきだろう。それ以外では許可しかねる』

黄の精霊様の言うように、あれは何世代に亘《わた》って積み上げ続けてきた、業そのものだと俺も思う。

だからこそ安易に見せるべきではないし、見せるにしてもしかるべき場所が必要になる——理は通っている。

俺は竜神様とアートルム爺ちゃんの方を向き、首を横に振る。

ただその後、精霊様方が直接念話で詳しく説明をしたようで、竜神様もアートルム爺ちゃんも納得したように頷いた。

さて、それから少し雑談を挟んで、竜神様は姿勢を正す（小さい竜の姿なので可愛らしいだけだが）。

『カイル、私からもアーシャのことをよろしく頼みます。竜の巫女は、存在を知られれば各勢力に狙われてしまうでしょう。この里に封じられている邪竜も、作られた偽物とはいえ、保有する魔力量だけならリアマと同等です。それが世に解き放たれたなら、大変なことになってしまう』

「あのリアマさんと……」

俺は思わずそう呟いた。

歴代の火竜の中でも最強だとされているリアマさんと、魔力量だけとはいえ同等であるというのは驚きだ。

鎮魂の儀においては、リアマさんが一度死んでいて、かつ浄化によって弱体化していたからどうにかなったようなものだと考えると、確かに恐ろしい。

竜神様は続ける。

『もっとも、魔力制御や操作の腕はリアマの方が圧倒的に上です。ただ、それでも里に被害が出る可能性は著しく高い』

竜神様の言葉にアートルム爺ちゃんが続く。

『お前たちならば、どんな敵からでもあの愛らしい娘を守れるじゃろう？　生きてさえいれば、儂がその役目を果たしたんじゃが……』

それに対してくすっと笑みを零した竜神様だったが、突然ピクッと体を震わせる。

そして、申し訳なさそうに俺とアートルム爺ちゃんを見てくる。

アートルム爺ちゃんはその意味に気付いたようで、俺にアーシャと姉さんたちのいる方へと移動するよう促す。

また、アイロスさんとリリルさん、ガイウスさんにも庭へ来るよう言う。

全員が集まったところで、竜神様が口を開く。

『皆さん、申し訳ありません。そろそろお暇《いとま》させていただきたいと思います』

すると、アーシャが寂しそうな表情で聞く。

「そう……ですか。また会えますか？」

竜神様は優しく微笑みながら答える。

『ええ、また会いに来ます。いい子にして待っていてくださいね』

「はい!!　待ってます!!」

満面の笑みを浮かべてそう答えたアーシャを見てから、竜神様はアイロスさんたちの方を向く。

『今代の長アイロスとその妻リリル。アーシャのこと、よろしくお願いします』

アイロスさんとリリルさんは揃って頭を下げる。

「この身に代えてでも」」

次に、竜神様はガイウスさんとモイラさんの方を向く。

『調停者ガイウスとその妹モイラ。兄妹仲良く、手を取り合って協力してくださいね』

「はい。精一杯務めを果たしていきたいと思います」

「アーシャは――友達は死んでも守ります」

それを聞いて、竜神様は優しく微笑みながら頷いた。

そして俺たちの方を向く。

『カイルや《月華の剣》の皆さん。どうかアーシャのみならず、この里の人々や竜とも仲良くしてください。そして、有事の際には彼らにお力をお貸しください』

竜神様のお願いに、俺は胸を張って答える。

「はい。必ず」

「友達を助けるのに力を惜しむつもりはありません」

そう口にした姉さんは真剣な表情だ。

リナさんは薄く微笑む。

「そうね。こんな可愛らしい子を捨て置けるわけないもの」

セインさんとユリアさんも言う。

「なんとしてでも守り通す」

「……どんな手を使ってもね」

そうにやりと笑うユリアさんは、少し怖かった。

竜神様は、彼女たちを見て微笑んだ。

そして、最後にアートルム爺ちゃんに視線を向ける。

『アートルム。また会いましょう』

『はい。我が主よ』

そして、竜神様は竜の体を消し去り、アーシャの血の中へと戻っていく。

それを見届けたアートルム爺ちゃんも、『儂も昼寝に戻るとしよう』と言って、姉さんの剣の中へと帰った。

姉さんはその剣を、亜空間へと仕舞う。

アイロスさんをはじめとする、大人の竜人族の四人は、ぐったりと居間の机に倒れ込んだ。

腕と頬を机の上に付けた状態から、微動だにしない。

まぁ、緊張するのも無理からぬ話。

彼らからしてみれば、自分たちの信仰する神様が急に自宅に現れたわけだからな。

四人共、ゆっくりと休んでくれ。

そんな中でアーシャは、純粋に楽しそうだ。

「楽しかったね。次はいつ来てくれるかな～」

アイロスさんたちはぐったりとしながらも、ワクワクしているアーシャの姿を微笑ましく見守るのだった。

俺はそんな竜人族たちに目を遣りつつ、先程までの貴重な体験について振り返る。

竜神様に会えたのはありがたいことではあったが、それ以上にアートルム爺ちゃんと久々に会話出来たことが、とても嬉しかった。

姉さんの剣の中にアートルム爺ちゃんの魂の一部が宿っていることは、亡くなったアートルム爺ちゃんの体を燃やした葬儀の時から知っていた。

とはいえ、まさかこうして実体化した彼と語らえるとは。

俺らはそれからしばらく居間でゆっくりさせてもらって、アイロスさんの家を後にした。

竜神様と、そしてアートルム爺ちゃんからの願いを果たせるよう精進せねば、と思いながら。

その時がすぐに来るのだと、知らぬまま。

第六話　招かれざる客

アイロスさんの家を訪れた日の夜。

草木も眠る丑三《うしみ》つ時《どき》。

屋敷で眠っていた俺は、ふと違和を感じて目を覚ます。

ベッドから起き上がり、部屋の扉を開けて廊下《ろうか》を歩く。

その途中、姉さんたちの部屋の扉も全て開いた。

俺らは、互いに顔を見合わせる。

そして、居間について、それぞれが席に座ったタイミングで姉さんが口を開く。

「こんな時間に全員が同時に目覚めるなんて、そんな偶然はあり得ない。お前らも何かを感じたんだろう？」

俺たちは頷く。

次に口を開いたのは、リナさんだ。

「そうね。でも何かあったとして、一体何が起きたのかしら？」

「分からない。だけどすぐに行動しなくちゃいけないのは確か」

セインさんがいつになく真剣にそう断言した。

「なんか首筋がピリピリすんだよ。こんな感覚は、あの腐《くさ》れガーゴイルと三つ目のトロール以来だぞ」

モイラさんのそんな言葉に対して、ユリアさんは生唾《なまつば》を呑んだ。

「ということは、それ相応の敵がいるってことね……じゃあ、それぞれ準備をしましょうか」

俺たちは、借りている部屋に戻り、戦闘準備に取りかかる。

すると寝ぼけていた意識はハッキリし、目も冴《さ》えてくる。

それに伴って、違和感がどこから生じているのかも、ぼんやりと感知出来た。

その時、アートルム爺ちゃんの言葉が脳裏を過《よ》ぎる。

——散り行く者にならず見せてやってもいい、か。精霊様方の許可を取る必要はあるだろうが、いざとなったらそれも選択肢《せんたくし》の一つとして考える必要があるのかもしれないな。

そんな風に考えながら、準備を終えた。

居間に戻ると、姉さんたちは準備万全な状態で待っている。

すぐに出発することになった。

俺たちが向かったのは、竜の墓所。

その手前に立つ三つの鳥居を前に足を止めると、モイラさんが口を開く。

「やっぱり、ここだよな」

「なぜかは分からないけど、ここが正解だと私の直感が言ってるわ」

そんなリナさんの言葉に、姉さんは頷く。

「それなら、ここで間違いないだろう」

セインさんとユリアさんも賛同する。

「同意する。リナの直感は神懸《かみが》かっていることが多い。たまに盛大に外すけど」

「直感だから当たり続けることもあれば外れることもあるわよ。とはいえリナの場合は、当たる確率が段違いで高いから、信用しているわ」

リナさんの直感は不思議なほどよく当たる。

姉さんたちとウルカーシュ帝国で合流し、一緒に行動するようになってから、戦闘やそれに類することに関して外したことは一度たりともない。

それに、今回この場に何かがあると直感しているのは、俺もだ。

俺たちは鳥居を潜る。

最後の鳥居を潜ると、初めてここを訪れた時同様、結界の中に入った感覚があった。

そしてそこには、既に先客がいた。

赤い髪と目をした竜人族の男――否、その体の輪郭が一瞬にして曖昧になり、崩れる。

そして、両側頭部にアモン角を生やした、黒山羊《くろやぎ》の顔をした何者かが現れた。

顔は完全に黒山羊なのだが、首から下はまるで人間族。

二メートルほどの身長で筋骨隆々《きんこつりゅうりゅう》の体を持ったそいつは、真っ黒のぴったりとした服――戦闘服だろうか――を身に纏っている。

そして、戦闘服に覆われていない箇所から覗く肌の色は薄い黒色だ。

黒山羊は、俺らを見て愉快そうに笑いながら口を開く。

「これはこれは。ちょうど良いタイミングでのご登場ですね。巫女様、お友達がいらっしゃってますよ」

黒山羊が視線を向けた先には、黒い魔力によって四肢を拘束されているアーシャがいる。

それを見た俺らは動揺から、一瞬魔力を揺らがせてしまう。

だが、焦りは禁物《きんもつ》だ。どうにか抑え込む。

黒山羊は笑みを崩すことなく、憐《あわ》れみ、見下しているかのような目で俺たちを観察している。

そんな中、俺はアーシャの異変に気付く。

彼女は、気を失っているようだった。

顔を上げることはなく、なんならぐったりとして見える。

どういうことだ……？　と思っていると、アーシャの体が浮き上がる。

黒山羊はニヤニヤしながらアーシャと同じ高さまで飛び上がり、懐から取り出したナイフをアーシャの頬に軽く押し当てる。

彼女の血の付いたナイフを、黒山羊は地面に向けて思いっきり投げつけた。

すると、地面に突き刺さったナイフを中心にして巨大な術式が展開される。

黒山羊は高らかに笑いながら、展開された術式を起動する。

「さあ我が友、邪竜・オディウムよ!!　今こそ復活の時だ!!　この時をどれだけの間待ったことか!!　ハハハハハハ!!」

邪竜・オディウム。

その名前を聞いた瞬間、懸念していた事態が起こったことを悟る。

リアマさんという竜の隠れ里きっての戦力を失い、そして鎮魂の儀が終わってほっとしたこのタイミング――悪《あ》しき者が動き出すにはベストな状況じゃないか！

それにしても、アーシャを攫《さら》ってから邪竜を呼び出すまでがあまりにも早すぎる。用意が周到すぎる。

とはいえ、まだ邪竜は姿を現していない。叩くなら今だ。

いやそもそも、たかだかあれだけの量の血で封印が解けるなんてこと、あるのか？

そう思考を巡らせていると、新たな闖入者が現れた。

「カイル、何故ここに⁉　っていうか一体どうなっているんだ⁉　……これは、まさか封印が解けてしまったんじゃないだろうな！」

闖入者――ガイウスさんが、早口で俺に聞いてきた。

俺は空中にいるアーシャと黒山羊を指差しながら、ガイウスさんに言う。

「ガイウスさん。あいつがアーシャを傷つけ、邪竜を復活させようとしています。一緒に倒しましょう！」

ガイウスさんは俺が指差した方を見て、静かに怒りを燃え上がらせているようだった。

そして、両拳をつき合わせて魔力を昂《たかぶ》らせていく。

「あぁ、やるぞ」

――その瞬間、黒山羊が生み出した術式が、ナイフを中心にガラスのように砕け散る。

そして、そこから灰色の巨大な竜が現れる。大きさはリアマさんとほぼ変わらない。

くそ、本当に復活しやがった！

邪竜オディウムは、俺たちの存在を認識すると、咆哮した。

『よくやってくれた、我が友ホズン。……ハハハ‼　冥府で見ておるか、忌々《いまいま》しい竜の巫女よ‼

我は友の手によって、この世界に帰ってきたぞ‼』

邪竜オディウムは、かつて自分を封印した竜の巫女に向けて、封印が解かれたことを勝ち誇ったように叫んだ。そして、リアマさんと遜色《そんしょく》のない膨大な魔力を纏いながら、俺らを威嚇《いかく》するように、口を開けて吠える。

それを黒山羊——もといホズンは嬉しそうに見ている。

しかし、俺たちは反応しない。

邪竜オディウムは反応が薄いことに首を傾げる。

ホズンは俺たちを指差し、嘲笑《あざわら》う。

「あれだけ大口を叩いていたというのに、オディウムの膨大な魔力に怯えて、言葉どころか指一本も動かせないようですね！　傑作《けっさく》です！」

その言葉を聞きながら、ガイウスさんが言う。

「……あの黒山羊は俺がやらせてもらうぞ」

俺も黒山羊をぶん殴りたかったが、アーシャをより想っているのはガイウスさんだろうから、譲ることにする。

姉さんが答える。

「構わん。私たちはあの紛い物の竜種をやる。モイラもそれでいいな」

「ああ。どっちだろうとぶん殴るのに変わりねぇからな。先に黒山羊を殴る役目は兄貴に任せる」

モイラさんにそう言われて任されたガイウスさんは、動き出す瞬間を計るかのように鋭い視線で敵を見据えた。

俺たちのやり取りを遠目に見ていた黒山羊が、ニヤリと笑いながら挑発してくる。

「そんなに怯えなくても大丈夫ですよ。今にお前たちもこの里の連中も、私たちが皆殺しにしてあげますから」

邪竜オディウムも馬鹿にするかのように目を細める。

『封印から解放されて空腹なのだ。雑魚《ざこ》であっても、本格的な食事の前に多少でも腹の足しになるだろう。とはいえ、最初の一口目は御馳走《ごちそう》がいい。始めに喰らうのは忌々しい巫女からだ！』

そうして、凶悪な爪をアーシャに突き立てようとする——が、その動きはあまりにも遅すぎる。

ガイウスさんが目にも留まらぬ速さで移動し、アーシャのもとへ辿り着くと、四肢を拘束している黒い魔力を殴り壊し、救い出す。

それによって空振りした邪竜オディウムは、しかし驚愕をその顔に浮かべる暇すらないようだ。

動きがピタリと止まる。

その理由は、《月華の剣》の本来の魔力を目の当たりにしたから。

リナさんを見ると、背中から蝙蝠《こうもり》の羽、尻からは先端がハートマークの形をした尻尾が生えている。

普段より妖艶《ようえん》な雰囲気を纏っていて、どんな相手も魅了してしまいそうだ。

髪色も普段は紫黒《しこく》なのだが、今は紫紺《しこん》に染まっている。

確か彼女は、悪魔種・夢魔族の純血種だと聞いた気がするが、なるほど納得だった。

セインさんは、幻想種・妖精族。背中からキラキラと輝く妖精の羽が四枚生えている。

妖精の羽の力なのか常時空中に浮いており、機動力がありそうだ。

加えて、存在の質が、精霊様方に近しいような……？

髪色は竜胆《りんどう》色から空《そら》色へ、瞳の色は亜麻《あま》色から薄墨《うすずみ》色へと変わっている。

その隣ではユリアさんが九本の狐の尻尾を揺らしている。頭には狐耳も付いていて、一見愛らしい見た目だが、侮《あなど》ることなかれ。彼女は、魔術に秀でた種族の獣人・狐人族である。

幻覚を見せることも得意で、意識して見ないと尻尾が増えたり減ったりして見え、正確な本数すら分からなくなってしまいそうになる。

髪は鶯茶《うぐいすちゃ》色から向日葵《ひまわり》色、瞳は蜜柑《みかん》色から藍《あい》色になったようだ。

——これがリナさんたちの本来の姿と魔力か。

俺も話は聞いていたものの、実際に目の当たりにするのは初めてだった。

それを横目にアーシャを地面に優しく横たえ、その周りに彼女が戦闘に巻き込まれないように結界を何重にも展開したガイウスさん。彼も、そしてその妹のモイラさんも気付けば竜化している。

そして、俺は当然ながら武装付与を最深までかけた。

さて、これで俺たちが全力で暴れる準備は整った。

紛い物の邪竜と、アーシャを傷つけたクソ黒山羊の殲滅を開始するとしよう。

「アーシャに行った非道!! 落とし前をつけてもらうぞ!!」

そう口にするガイウスさんに続き、姉さんがパーティリーダーとして告げる。

「あの勘違いした紛い物に、身の程を知ってもらうとしよう」

ガイウスさん以外の、俺を含めた五人が口を揃えて答える。

「「「「「了解!!」」」」」

こうしてガイウスさんは黒山羊ホズンの前に、俺たちは邪竜オディウムの前に立つ。

モイラさんは腕や脚に魔力を集中させ、赤い竜の鱗をより鮮やかに変化させる。

それを見て、リナさんが問う。

「この段階まで竜化するなんて、あの紛い物ってそこまでの存在なの?」

「そんなわけねぇだろ。リアマ爺ちゃんや、あの漆黒の竜王様よりも遥かに格下だ。だが、仲間を傷つけた奴には全力で分からせるのがこの里の流儀《りゅうぎ》だ」

その言葉を聞いて、セインさんとユリアさん、姉さんは納得したように頷く。

「何とも物騒。けど、今回は私も同意見」

「そうね。私も久々に暴れたい気分。あんな可愛い娘を傷つける奴なんて、許せるはずがないもの」

「あぁ、まったくだ」

オディウムは、自分の目の前で呑気《のんき》にそんな会話をする姉さんたちに苛ついたように声を上げる。

『多少驚きはしたが、姿と魔力量が変わった程度ではないか。あの大戦を生き残った我を、そこらの雑魚と同じなどと思うな!!』

そう口にすると、背に生える巨大な翼を羽ばたかせて空へと飛び上がり、自身の周りに漆黒の瘴《しょう》気《き》を放つ魔術陣を大量に展開する。

それらを膨大な魔力を使って雑に起動し、あらゆる種類・属性の魔術を雨霰《あめあられ》のように俺たちに向けて放ってくる。

普通なら絶望的だと感じていただろうが、今回は全力の姉さんたちがついている。焦ることなく魔力を練って循環させ、こちらも数多の魔術を放ち、相殺《そうさい》していく。

オディウムは攻撃の結果を認識するや否や、数よりも質を優先することにしたらしい。

高密度の魔力を、大規模な三つの雷属性の術式へと変換する。

邪竜オディウムは、それらを連動させる術式を組み上げた。

これにより、使っている魔力量は同じでも威力は増幅され、射出タイミングも完全に合う。

術式の連結は——現代に伝承されていない、古《いにしえ》の技術。

その技術を扱える事実から、オディウムは善神と悪神による大戦の時代を封印されるまで生き抜いた存在なのだと改めて理解した。

「ここは俺が」

俺がそう言うと、姉さんは一歩下がった。

「任せる」

俺は土魔術で地中の金属を抽出し、それを使って避雷針《ひらいしん》を十本ほど作り出した。

『塵《ちり》も残さず消えろ!!』と咆哮し、オディウムが連結させた雷魔術を放ってくる。

しかしそれらは、避雷針に吸い込まれ、霧散していく。

『何!?　我の雷《いかずち》が通じぬだと!?』

俺は奴の魔術を返すかのように、雷の矢を放つ。

自分の雷属性の魔術が通用しなかったことに驚愕していたせいで、オディウムの反応がほんの一瞬だけ遅れた。

雷の矢は辛うじて躱したものの、こちらの攻撃はそれだけでは終わらない。

「おいおい、隙だらけだなぁ!!」

モイラさんが、オディウムの更に上空を飛びながら見下ろして言う。

竜の因子を解放することで背中に翼が生え、空を飛ぶことも出来るのだ。

『貴様!!　この空において我を見下ろすなど、許されん行いだと知れ!!』

怒ったオディウムはそう言うと、モイラさんを噛み殺そうと大きく口を開きながら突っ込んでいく。

「手前《テメエ》の許可はいらねぇんだよ!!　紛い物が!!」

モイラさんは急降下を始めた。

その拳には、空気が震えるほどの高密度・高濃度の魔力が宿っている。

これには邪竜オディウムも恐怖を覚えたようで、慌てて急停止して魔力障壁を展開する。

だが、モイラさんの拳はあっさり魔力障壁をブチ破り、邪竜オディウムの顔面に突き刺さった。

そしてモイラさんはオディウムに、ただ吹き飛んでいくことすら許さない。

オディウムの尻尾を掴み、ハンマー投げのように振り回して勢いをつけてから、俺たちの方へと放り投げる。

邪竜オディウムは放り投げられた勢いを利用して体を縦に一回転させ、尻尾による打撃を放つ――がそんなのは予想の範疇《はんちゅう》。

ユリアさんとセインさんが動く。

「相変わらず敵には手荒いわね～」

「仕方ない。あいつはモイラにとって不倶戴天《ふぐたいてん》の敵」

そう口にしながら二人は、魔術で電気を通さない水を生成し、それによって二対の腕を作り出す。

まずユリアさんが作り出した腕が尻尾を掴み、邪竜オディウムの動きを止める。

そこに、セインさんの操る水の腕が連撃を叩き込んでいく。

最後は二対の腕を合わせて巨大な一本の腕に変え、邪竜の横っ腹を殴り、吹き飛ばす。

しかし、オディウムは水の拳が横っ腹に当たる瞬間にピンポイントで魔力障壁を展開することで、威力を半減させてどうにか最小限のダメージに抑えていた。

オディウムは空中で体勢を整えるが、不用意に近づくのは危険と判断したのか、翼を羽ばたかせて滞空《たいくう》したまま動かない。

その表情に、かつての油断はない。

魔力を滾らせ、何が来ても対応出来るよう、気を張っているようだ——しかし、俺たちから見ると、その警戒すら甘い。

「【輝く光の剣《グリッターリヒト・エスパーダ》】」

邪竜オディウムの頭上の空間が揺らぎ、そこからセインさんが現れ、術式を展開・起動して魔術を放った。

邪竜オディウムは、ことここに至ってセインさんを認識する。

妖精族の気配や存在を認識するには慣れが必要。それを知らなかったオディウムの表情が驚愕に染まる。

実体化したセインさんの右手が、光り輝く巨大な剣の柄を握る。

そのままそれを上段に構え、邪竜オディウムの翼に向けて振り下ろす。

第七話　深紅の炎

俺――ガイウスはその場から一歩も動くことなく、迫りくる影によって作られた剣や槍を、炎を纏わせた拳で燃やし尽くしていく。

攻撃を仕掛けてきている相手――クソ黒山羊もその場から動いていない。

ただひたすら自身の影に魔力で干渉し、影で構成された剣や槍などを放ってくる。

――今は我慢比べの時だな。

俺はこちらから仕掛けず、冷静に戦局を見定めながら、クソ黒山羊がどのような戦い方をするのか観察する。

「どうしたのです？　先程までの威勢の良さはどこへいってしまったのですか？　そんな弱腰のあ

なた如き、この地面から足を離さずに圧倒してやりますよ」
クソ黒山羊がそんな風に挑発してくるが、俺は無言を貫く。
「黙ったままですか。それならば――」
クソ黒山羊の影の中から、虎《とら》や熊《くま》、鷲《わし》や鷹《たか》などをはじめとした生物が次々と現れる。
これらは全て、クソ黒山羊の影魔術によって生み出された疑似的な生命体。
俺は魔力を練り上げ、全身に循環させていく。
練り上げた火属性の魔力によって周囲の温度が上昇する。
俺は腰を落とし右腕を引いて、力を溜める。
それにより右腕の拳から肘にかけて徐々に赤熱していく。
やがて右腕は、腕の形をした真紅の炎そのものとなる。
これまで余裕の態度でいたクソ黒山羊も、流石に危機感を抱いたのだろう。
こちらへ向かわせる影の生物や剣の量を増やす。
俺はその場で、右腕をクソ黒山羊に向かって振り抜く。
「【老火竜の劫火《リアマ・バーンイレーズ》】」
真紅の奔流《ほんりゅう》が、クソ黒山羊に襲いかかる。
その道すがら、俺に迫ってきていた全ての影は遍《あまね》く灰になった。

クソ黒山羊は一瞬自分の影に潜ろうと考えたのか、地面に視線を遣ったが、影から何かを生み出すのよりも時間がかかるのだろう、諦めたようだ。

その代わりに、跳躍して、炎の奔流を躱す。

「危ないですねぇ。ですが、甘いです。当たっていませんよ?」

着地してからそう言うクソ黒山羊を見て、俺はニヤリと笑いながら口を開く。

「おいおい、足を地面から離さずに勝つんじゃなかったのか? 俺の攻撃が怖かったんだよな? 弱腰黒山羊さんよぉ!」

意趣返し《いしゅがえ》しが成功したことで、俺はニヤニヤが止まらない。

あれだけ俺を侮り見下していたのに、自分の方が先に動いた——その事実にクソ黒山羊は顔を歪める。

そして、次の行動を起こす。

クソ黒山羊は、その場で右足を踏み鳴らした。

すると俺の足元から影の刃が飛び出し、顔面を狙って襲いかかってくる。

クソ黒山羊は、影魔術の使い手だ。

影使いは他者やその場にある影と魔力で繋がることで、自分の得物に変えられるというわけだ。

俺は自分の影に向かって火属性の魔力を一気に込め、魔力のパスを介してクソ黒山羊に攻撃する。

奴は慌てて魔力の繋がりを切った。しかしそれでも俺の送った火属性の魔力の一部が先に到達し、クソ黒山羊の左腕を燃やす。

左腕を叩いて炎を鎮火させながら、クソ黒山羊は怒りを発露させる。

「クソッ‼　クソッ‼　下等なトカゲ人間の癖に‼　この私に傷を与えるなど‼」

感情に合わせてクソ黒山羊の魔力は荒れ、影もユラユラと揺れている。

再生能力は非常に高いようで既に左腕は完全に治っているが、プライドを傷つけられたことの方が、奴にとっては一大事らしい。

「死ね‼　シね‼　シネ‼」

クソ黒山羊は感情の昂りを抑えられないらしく、言葉を繰り返すごとにヒートアップしていく。

俺はそれを見ながら「荒れてんなぁ」なんて呟くしかない。

何をしてくるか分からない奴に不用意に飛び込んでいくのは愚策だからな。

それにしても、すごい怒りっぷりだ。

殺し合いをするならば、自分の肉体に傷がつくなんてことは当たり前。

それこそ、鍛錬をしていれば傷の一つや二つなどつくこともある。

どれだけ温《ぬる》い戦闘をしてきたんだ、と俺は思ってしまう。

とはいえクソ黒山羊はオディウムの友人だと言っていたから、恐らく大戦の頃から生きているのだろう。

だからこそ、何百年くらいしか生きていない若造に傷をつけられたことが、相当頭にきているのかもな。

そんな風に考えていると、クソ黒山羊は影を波打たせながら広げ、言う。

「【千なる影の雨《ミル・スキア・レーゲン》】」

影は半径三、四メートルまで広がった。

そして、先が尖った細かい粒へと変わり、空に昇っていく。

それらは高速で回転し始め、ものすごい速さで雨のように俺に降り注いでくる。

炎で消し飛ばすのは難しそうだ。

——流石にその場から動かないわけにはいかないな。遊びは終わりってとこか。

俺は走り出し、降り注ぐ影の雨を避ける。

だが、攻撃は終わらない。

クソ黒山羊は、自身の影から際限なく影の雨粒を生み出しては放ってくる。

——攻撃は速いが、避けるのは難しくない。避けることに専念しつつ、反撃の手立てを考えるか。

そう思って避け続けていたが、次第に影の攻撃に変化が見える。

速度が速いものや、逆に速度はないものの追尾性能のあるものを織り交ぜてきたのだ。

どうやら攻撃を続けているうちに、少しずつ冷静になってきたらしい。

緩急がついたことで、避ける難度は高くなっていき――

「痛ッ」

少しずつ、攻撃が当たるようになってきた。

小さな擦過傷《さっかしょう》が、いくつも出来ていく。

竜人族は非常に再生能力が高いので傷がすぐさま再生されるわけだが、それにしたって限界はある。

竜の因子を更に解放し、肉体の性能を二段階上昇させる。

俺は影の雨粒を避けながら、練り上げた魔力を全身に循環させていく。

俺の体が燃え滾るほどの熱を持ち始める。

一歩軽く踏み込む。

クソ黒山羊はその時点で俺に何か変化があったと気付いたようだったが――遅い。

俺は一気に速度を上げて、奴のもとへ駆ける。

一瞬にも満たない時間の後、俺の眼前には驚いた表情で防御しようとするクソ黒山羊の姿があった。

俺は腰を素早く捻り、右拳をクソ黒山羊の頬へと放つ。

「――フッ‼」

「そんなバカ――グハッ‼」

クソ黒山羊は幾つもの影の壁を作り、対応しようとした。

しかし俺の放った右拳は一切減速することなく、クソ黒山羊の顔面に突き刺さる。

あまりにも拳を振り抜くのが速かったために、ワンテンポ遅れて、奴の体が吹き飛んでいった。

俺は空中にいるクソ黒山羊を追う。

だが、あと少しで追いつくという所で違和感を抱く。

俺は直感に従い、クソ黒山羊から距離を取った。

クソ黒山羊は「チッ‼」と舌打ちしてから、綺麗に着地した。

恐らく一方的に嬲《なぶ》られているように見せかけ、追撃に突っ込んで来た俺に地面の影を利用した攻撃を繰り出そうとしていたのだろう。

そういうわけで、ひとまず仕切り直しだ。

俺は大きく深呼吸する。

俺が何よりも信じているのは、日々の鍛錬や実戦の中で磨いてきた己の肉体だ。

幼き頃、先輩や竜種に一度得物を持ってみてもいいのではとアドバイスをされたことがある。それでも俺は頑《かたく》なに己の肉体を武器としてきた。

この竜と人の両方の特性を受け継いだ竜人族の肉体こそが、俺にとって最強の武器だと確信していたのだ。

俺はそう改めて自分に言い聞かせ、構える。

「私も久々に全力を出しましょう。簡単に死なないでくださいよ？」

そう口にするクソ黒山羊の目には、先程までの怒りも、ましてや軽蔑《けいべつ》も宿っていない。

俺を本気で倒すべき敵だと見做しているのがわかる。

奴の肉体が盛り上がった。

左右の背中から白骨の腕が三本ずつメキメキという音を立てながら生え、薄い黒色をしていた肌は暗き闇を思わせるより深い黒に染まる。

黒いオーラのようなものまで溢れてきた。

――これほどの威圧感を放つか。大戦を生き延びたというのは伊達《だて》ではないな。

俺は、魔力を更に練り上げていく。

そして、言葉を紡ぐ。

「我らは竜と人を繋ぐ架け橋」

鱗が手首までではなく、前腕を覆う。

「故に、人にも竜にも姿を変えることを許された存在」

足首まではなく、膝まで覆う。

「竜と共に星に仇《あだ》なすものを殲滅し、星の意思を守る者――」

頭部には一対の竜の角。背中には輝きを放つ真紅の竜の翼。そして、最後に尻から細くしなやかな竜の尻尾が生えた。

俺の変化を見たクソ黒山羊が、声を震わせながら言う。

「人型の……竜？　……いや……竜が人の形を……している？」

「人の形《なり》をした竜、竜の貌《すがた》をした人。故に我らは、太古の昔より竜人族と呼ばれる。さあ、その力を目に焼き付けて死んでいけ!!」

言い終わり、先手を取ったのは俺だ。

完全なる竜化を遂げた俺の身体能力は、これまでの比ではない。

たった一歩で、俺はクソ黒山羊の真後ろに移動する。

「――なっ!!」

クソ黒山羊は突然視界から俺が消えたことに動揺したが、背中に生えた六本の白骨の腕を咄嗟に動かし、超高速の連撃を放ってくる。

しかし、それを避けることは今の俺にとっては容易《たやす》い。

すると、攻撃が通らないことに対して苛立ったクソ黒山羊が叫ぶ。

「ちょこまかと‼　だが、私の腕からは逃れられない‼」

クソ黒山羊は六本の白骨の腕を超高速で動かしながらも、その動作の最中に両腕で影で構成された剣を握り、振るう。

更に、クソ黒山羊自身の影から幾つもの棘《とげ》が付いた影の槍を伸ばして攻撃してくる。

次いで、俺の影に干渉しようとしてくるが――格下相手にならまだしも、完全なる竜化を遂げた俺に対しては悪手だろう。

――さっきの失敗を忘れたのかよ！　返してやるよ！

俺は先程と同様に、魔力のパスを利用して、炎を流す。

「私が同じ轍《てつ》を踏むとお思いか！　甘いんですよ‼」

クソ黒山羊は自身の前に影を球体状にして展開する。

――これまでの影と性質が違う⁉

俺は警戒心から、素早く距離を取る。

しかし、そんな俺の真後ろにクソ黒山羊の前に展開された球体と同じものが現れた。

球体から俺が先程魔力のパスを通してクソ黒山羊に放った、燃え滾る炎が放出された。

体を反転させるが、防御が間に合わない。炎は俺の腹に直撃する。

俺は腹を手で押さえた。

クソ黒山羊は愉快そうに俺を嘲笑する。

「どうですか？　ご自慢の炎をその身で受けた気分は‼」

俺はそれを聞きながら、分析する。

影は攻撃手段だけでなく、ワープゲートのようにも使えるということか。どれほどの質量のものを移動させられるのかは定かではないが、攻撃にも移動手段にも使えるとは、中々に厄介だ。

クソ黒山羊は言葉を返さない俺に、畳みかけるように言う。

「中々の威力でしたから、腹に大きな穴が空いているのでは？　ハハハ‼」

俺は手を腹から離しながら、言う。

「俺の腹が、なんだって？」

炎が直撃した腹には火傷一つなく、穴も空いていない。全くの無傷だ。

笑いを堪えるのが大変だったぜ。

俺の体に流れる血に宿っているのは、火属性を司る火竜の因子。

自分で放った炎で傷がつくほど、火竜の因子を宿す竜人族や火竜の肉体、鱗は柔《やわ》ではないのだ。

「どこに行った⁉」

クソ黒山羊は舌打ちをして――

俺を見失った。

しかし、俺がいるのはクソ黒山羊の懐。

奴の死角を縫うようにして、一瞬で肉薄したのだ。

人間の生み出した武術という名の技術と、竜の血が流れているが故の圧倒的身体能力が掛け合わさって初めて為《な》せる技、である。

俺は、奴の腹に拳を叩き込む。

クソ黒山羊からしてみれば、突如として現れた透明人間にぶん殴られたような気分だろう。

「――ぐっ！　貴様――まだ‼　なぜ見失う‼　一体、何が起こって――そこか‼」

流石は歴戦の猛者《もさ》。二度目の攻撃の直前に俺が背後にいることを見抜き、振り返ってきた。

クソ黒山羊は六本の白骨の腕に影を纏わせ強化し、今度は六本の腕全てを握り拳にして殴りかかってくる。

「――フッ‼」

俺は両拳に圧縮させた炎を纏わせ、迫りくる六本の腕による攻撃を迎え撃つように超高速で拳撃を放った。

威力は完全にこちらの方が上。

何十、何百と拳を打ち合い続けていく内に、段々とクソ黒山羊の攻撃の威力が落ちていくのを感じる。

そして、六つの拳全てに徐々に罅が入り——やがて前腕ごと砕け散った。

クソ黒山羊の顔に動揺の色が滲む。

——これで懐に入り込める！

俺は反撃する間を与えぬように再度クソ黒山羊に肉薄すると、超高速で拳を叩き込む。

クソ黒山羊は遅れて影の盾を展開するものの、俺の動きに対応出来ていないようだ。

俺は影の盾を砕き、更に速度を上げたラッシュを叩き込む。

そして最後の一撃を喰らったクソ黒山羊は——しかし倒れず、大きく距離を取った。

肉体の再生能力が想像以上に高い。まさかこれでケリがつかないとは。

これまでの動きから、クソ黒山羊は六本の白骨の腕と影魔術を併用した、中・遠距離による戦闘を好んでいるのが分かる。どうにかして、もう一度近接戦闘に持ち込まねば。

「チッ‼　……腕を全て砕かれたのは大戦時以来です。まあ、この程度の傷などすぐに元通りに出来ますがね」

クソ黒山羊はそう口にすると、砕け散った六本の白骨の腕を急速に再生させた。

しかも、再生された腕は黒い。

クソ黒山羊の体色の黒が濃くなってから戦闘力が上がったことを考えると、強化されていると見た方がよさそうだな。

そう思っていると、その腕たちに更なる変化があった。

六本の腕はそれぞれ手を開き、その掌から影が溢れ出したのだ。

それは、腕を根元まで覆っていく。

最初に生み出された腕が骨なのだとしたら、影は筋肉か。

六本の腕はまさしく、人間の腕のような形態になった。

強化された六本の黒腕の掌から再び影が溢れ出し、剣と斧を二本ずつ、槍を一本、盾を一枚形成する。

そして、それぞれの腕が一つずつ影の武具を握った。

クソ黒山羊の反撃が始まる。

リーチの違う武具によるコンビネーションに、俺の拳の一撃に耐えうる耐久性を持つ影の盾による防御だけでも厄介なのに、元からある二本の腕でも攻撃を繰り出してくる。

更に言うなら、奴の攻撃手段は腕によるものだけではない。

体から伸びた影も奴の手足のようなものなのだから。

クソ黒山羊は、先端を剣先や槍の穂先の形にした、変幻自在の影の触手を大量に伸ばす。

「完全に防戦一方ですねぇ‼　そろそろ死ぬ気になりませんかぁ‼」

クソ黒山羊の挑発を無視しつつ、俺は両拳と両脚に真紅の炎を纏わせる。

真紅の炎はいかなる攻撃・防御も燃やし尽くす攻防一体の武器。

それを纏いながらの肉弾戦は、火属性を司る火竜の因子をその身に宿す竜人族が連綿と紡いできた戦闘技術の一つだ。

先祖の中にも、アイロス祖父《じい》ちゃんをはじめ、俺と同じく己の肉体こそが最強にして最高の武器であると考えた戦士がいた。

俺は里のみんなに協力してもらいながら先祖が書き記した修業方法を実践し、先祖が極めた戦闘スタイルを継承したのだ。

時には壁にぶち当たり、自分も得物を持った方がいいかもしれないと、肉体のみで世界の均衡を崩すような上位存在の敵と戦うのは厳しいかもしれないと、悩んだこともあった。

そんな時に俺の心を支えてくれたのは、長き時を共に生きてきた家族や里のみんなの存在だ。

俺は、ルフス爺さんとリアマ爺さんに言われたことを、今一度脳内で反芻《はんすう》する。

『ガイウスよ、何を悩む？　お前の強さは本物だ。胸を張り、その炎と拳を叩き込んでやればよい』

『お前はアイロスと同じく揺るぎなき信念を持っておる。竜人族の――竜と人の血の混じった己の肉体こそ武器として最強であるというな。お前がアイロスに憧れたように、お前に憧れる次の時代を生きる者のために、己の信念をその命尽きるまで貫き通せ』

リアマ爺さんはこうも言っていた。

『揺るぎなき信念を持たぬまま得た力は脆《もろ》い。死への恐れが技を鈍《にぶ》らせるからだ。だが揺るぎなき信念を持つ者は、死にゆく最後まで、ただ生きるために足掻《あが》き続けることが出来る。どれだけ時代が移ろうとも、遥か昔からそれだけは変わらない』

そうだよな、爺さんたち。俺は迷わない、迷わないさ。ただ目の前にいる敵をなぎ倒し、生きて、最強を証明する。それだけに専念する！

僅かにあった迷いが、消えるのを感じた。

自然と動きから無駄がなくなり、相手の呼吸が読めるようになる。

それにより、先程までは掠っていた攻撃も、一切当たらなくなった。

少しずつ前に進み攻勢に転ずる。

クソ黒山羊は苛立ちと焦りから、影の剣群を俺に放ってくる。

だが、冷静さを欠いているせいだろう。魔力の制御は甘く、威力もそれほどではない。

真紅の炎によって影の剣群は全て燃やし尽くされ、跡形もなく綺麗サッパリ消えた。

俺は、更に真紅の炎の温度を上昇させる。

それを見たクソ黒山羊は、後ろに全力で飛び退いた。

そして影の武具を消し去り、元々ある二本の腕を目の前に伸ばし、両手の人差し指と親指をそれぞれくっつけることで三角形を作る。そして、左右三本ずつ生えた腕の手の部分で二つの三角形を作った。

合計三つの三角形の中にそれぞれ三つの影の球が生み出された。

そこから、先端が三叉《さんさ》に分かれていて柄《え》が螺旋状《らせんじょう》の三本の槍が形成される。

クソ黒山羊はそれらを元あった手で掴み、投擲《とうてき》してくる。

「【黒影三叉槍《ダークシャドウ・トライデント》】‼」

俺は禍々しい魔力を纏ったそれらを見て、歩みを止めぬまま真紅の炎を纏わせた拳を連続で放つ。

すると、その三叉槍《さんさそう》はたちどころに炎熱によって消え去った。

こうして遠距離から中距離のレンジに踏み込んだところで、今度は六本の腕が襲いかかってくる——が、深紅の炎はそれをも貫く。

拳同士がぶつかり合うごとに、六本の黒腕の拳部分が灰に変わる。

しかし、それは相手にとっても想定内の事態だったらしい。

クソ黒山羊は焼け焦げた六本の黒腕の先端を尖らせ、俺の左胸——心臓目掛けて同時攻撃を仕掛けてくる。

俺は右腕の肘から手首にかけて、真紅に輝く術式を六つ展開しつつ、叫びながらクソ黒山羊の左胸に向けて右拳を放つ。

「一打入魂‼」

クソ黒山羊が放った六本の黒腕と、俺の右拳がぶつかる。

六本腕は燃えたそばから再生していく。そして、上から打ち下ろすかのような攻撃なので、重い。

俺の足元の地面が罅割れ、少しばかり体が沈む。

――しかし、それだけだ。

俺は肘に刻まれた術式を起動する。

それによって、俺の拳は再加速する。

六本の腕は、勢いを増した俺の拳に一瞬で引き裂かれ、灰となった。

そして肘から手首に向かって、第二から第五までの術式が起動。

俺の拳は、術式が起動する度に加速する。

クソ黒山羊の左胸に右拳が触れたその瞬間、最後の術式が発動して、これまで上がった速度が全て攻撃力へと転換された。

その攻撃力は、リアマ爺さんが放った【黒の巨人の破滅の剣】にも匹敵し得る。

俺は叫ぶ。

「【黒の巨人の破滅の拳《レーヴァテイン・フィスト》】‼」

右拳が真紅に輝き、クソ黒山羊の左胸には焼き印のように拳の形が刻まれた。

「――ぐあっ！　何ですか……これは！　こんな！　こんなもので……ガァアア――‼」

焼き印を中心にして、クソ黒山羊は真紅の炎に包まれる。

クソ黒山羊はどうにかしようと回復魔術を使うが、この技によって刻まれた深紅の炎は魔力ごと燃やしてしまうので意味がない。

何度試してみてもどうにも出来ないことを悟ったクソ黒山羊は、ただ静かに膝をつき、座り込んで項垂《うなだ》れた。

俺は告げる。

「テメェらは手を出してはいけないものに手を出した。だから死ぬことになるんだ。竜の怒り、思い知ったか」

既にクソ黒山羊は俺の言葉が伝わる状態ではない。

体はほとんど燃え尽き、灰に変わっているからだ。

そして、全てが燃え尽きた後には、漆黒に染まりきったクソ黒山羊の魂だけが残った。

俺はクソ黒山羊の漆黒の魂を右手で掴み、真紅の炎で燃やし尽くしていく。クソ黒山羊が万に一つも復活しないように、小さな欠片一つ残さずに。

さて、こちらは片付いた。

俺はゆっくりと深呼吸し、カイルたちの援護へ向かうべく動き出す。

第八話　竜の牙

俺――カイルはセインさんがオディウムに向かって剣を振るうのを、遠目に見ていた。

セインさんの【輝く光の剣】は、オディウムの翼に大きな斬り込みを入れる――が翼を切断するには至らない。

オディウムは剣の進行方向に合わせて体を捻り被害を抑えると、『鬱陶《うっとう》しいわ!!』という声と共に尻尾をセインさんに向けて振るう。

眼前に迫りくる尻尾を見ながら、セインさんは再度自身の体を非実体化させて攻撃を躱した。

次の瞬間、セインさんは俺たちの傍で実体化した。

もちろんだが、その体には傷一つ付いていない。

オディウムの方を見ると、セインさんによって半ばまで斬られていた翼は、もう三分の一ほど再生してしまっている。

流石は紛い物とはいえ、竜種だ。

だが、こっちも呑気に待っているわけではない。

姉さん、リナさん、ユリアさんはそれを見ながら術式を展開・起動していたのだ。

そして、それぞれ魔術を放つ。

「【再生速度低下《リジェネレーション・ダウン》】」

「【闇より来る剣群《ザラーム・スパーダ》】」

「【静かなる死の鎌《トランキーロ・モルス・ファルクス》】」

まず姉さんの魔術の効果によって、オディウムの再生速度が落ちた。

それに気付き、動揺するオディウム。

その隙にリナさんの生み出した闇の剣群が、オディウムの周囲三百六十度を囲むように展開されていた。

無数の闇の剣群が邪竜オディウムに向かって迫る。

オディウムは自身を囲むように球体の魔力障壁を展開。

襲いかかった無数の闇の剣群は魔力障壁に阻まれ、弾かれた。

だが、こちらの攻撃はそれだけではない。

ユリアさんの見えず音もしない十もの円形の風の刃が、障壁の一点に当たった。

風の刃はものすごい音を立てて回転するが、障壁は破れない。

ユリアさんがリナさんに合図する。

「リナ、今よ!!」

「了解!!」

リナさんは先程弾かれた剣群を再度操り、風の刃の周りを囲うように突き刺す。

それでも魔力障壁が壊れることはなく、オディウムは勝ち誇る。

『そのような貧弱な魔術で、我の障壁を破れるものか!!』

「本当に魔力量によるゴリ押ししか考えないのね〜」

ユリアさんの言葉にリナさんが続く。

「まあ、そっちの方がやり易いわよ」

二人のやり取りを見て、邪竜オディウムが怪訝《けげん》な表情を浮かべる。

『何を言って――な、なんだと!!』

リナさんの魔術は、無数の闇の剣を生み出す魔術だった。

そう、リナさんは遥か後方に、現在障壁に突き刺さっている数の数十倍――数百倍もの闇の剣を隠していたのだ。

それらを勢いよく加速させて、魔力障壁に突き刺さっている闇の剣に後ろから追突させる。

闇の剣は触れるごとに合体し、少しずつ大きくなっていく――段々と、闇の剣が突き刺さっている障壁に罅が入っていく。

そして風の刃もその回転数をどんどん上げていき、やがて障壁に穴を空けた。

闇の剣は、障壁を砕いた瞬間に、役目を果たしたかのごとく空気に溶けていった。

しかし、風の刃たちはオディウムに向かっていく。

オディウムは、まさか魔力障壁は破られまいと高を括っていた。

そのため反応が一瞬遅れる。

風の刃は吸い込まれるように邪竜オディウムの胸部へ突き刺さり、竜の鱗を深く斬り裂いて肉を断つ。

鮮血が撒《ま》き散らされる。

『ガァ!! ――――この、程度!!』

オディウムはそう叫びながら、ひっつき虫を引っぺがすかのように風の刃を掴み、ぶん投げた。

しかし、リナさんが告げる。

「おかわりどうぞ～」

リナさんは闇の剣群を一つに纏めて、一本の巨大な闇の大剣へと変化させてから放つ。

オディウムは二度同じ手は喰らわんとばかりに、尻尾に高密度の魔力を纏わせて横薙ぎに振るい、巨大な闇の大剣の腹を叩いて弾き飛ばした。

そして、そのまま反撃に出ようとして――動きを止めた。

『――!!　我が友、ホズン？　まさか!!』

オディウムはガイウスさんとホズンが戦闘している方向に視線を向ける。

『ホズンの魂が感じられない。冗談はよせ。あのような竜と人の混ざり物などに敗北するなど……アァアア―――!!』

取り乱した様子で咆哮する邪竜オディウムを見て、俺たちは魔力感知の範囲を最大にして、もう一つの戦いがどうなったのかを探る。

そして、どちらが敗者となって消え去り、勝者となって生き残ったのかを知った。

「あっちは決着がついたようだな」

姉さんの言葉に、俺は頷く。

「勝者はガイウスさん。黒山羊の方は存在を一切感知出来ない。魂の一欠片も残ってないね」

友が消滅した現実を前に、オディウムの精神バランスは崩れかけているようだった。

『認められるものか!!　認めぬ、認めぬ!!　我とホズンは最強なのだぞ!!』

否定の言葉を叫びながら、オディウムの肉体は急速に変化していく。

肩幅が異様なまでに横に広がると、元々肩があった位置から肉が盛り上がり、細長く縦に伸びた。

そしてその先端に、新たにオディウムの顔が浮かび上がった。

本来の首の左右に、それぞれ一本ずつ邪竜オディウムの首が生えてきて、三つ首になった形だ。

変化はそれだけではない。

巨大な翼がスラッとした細く鋭い形に変化した。そして、細く鋭くなった翼の上下にも同じような翼が二枚ずつ生えたのである。

加えて尻尾も更に太く長くなり、先端の部分に金棒《かなぼう》のような鋭い棘《とげ》が生えた。

――これが、邪竜オディウムの本気の姿か。

そう思っていると、邪竜オディウムの三本の首が同時に言葉を発する。

『『『楽に死ねると思うな!!　お前たちは塵一つ残さず消し去る!!』』』

恐らくだが、あの首一つ一つはそれぞれ独立しており、別々に思考することが出来るのだろう。

三つの頭による並列思考、六枚の翼による飛行・移動能力、太く長くなった尻尾による超広範囲の薙ぎ払い――どれ一つ取っても非常に厄介だ。

怒りで顔を赤く染めた邪竜オディウムの三つ首が口を大きく開く。

口内に空間が震えるほどの魔力が集まるのを感じる。

真ん中の口からは火属性の魔力、右側の口からは雷属性の魔力、左側の口からは闇属性の魔力とそれぞれ異なる属性の魔力を帯びた攻撃を放とうとしているようだ。

そして一瞬の静寂の後――三つ首は同時に竜の息吹を放ってくる。

「カイル」

姉さんが俺の名を呼ぶ。

「了解」

俺は急速に魔力を練り上げ一気に圧縮し、前方にとある魔術を展開する。

竜の息吹が迫ってくる。

しかし、焦っても諦めてもいない。

俺が作り出したのは、オリジナルの絶対防御術式。その名も――

「【絶対零度の拒絶《アブソリュート・デナイアル》】」

眼前に透き通った分厚い氷の盾が現れる。

この氷の盾は、氷属性魔術の中で最高の防御力と耐久力を持つ絶対零度の盾。

オディウムの放った三属性の竜の息吹と、俺が生み出した氷の盾がぶつかり合う。三属性の竜の息吹は氷の盾に罅を入れたが、最後まで砕くには至らない。

六つの血走った眼《まなこ》が、俺を見ている。

そして、すぐさま攻撃を仕掛けてきた。

オディウムは竜の息吹ほどの威力ではないものの、三属性の魔弾を口から放ち続ける。

首が三つになったことで攻撃の手数が三倍になったため、シンプルに厄介だ。

更に、死角という死角もないため不意打ちも成功しない。

なれば、隙を生み出すしかない！

俺は適度に反撃しつつ動き回ることで、邪竜オディウムの視線を自身に集中させ続ける。

その間に姉さんたちに連携して攻撃を仕掛けてもらうが、翼が六枚に増えて機動力が上がっている。

上手く躱され、尻尾のリーチも長いために距離を詰められない。

『不意打ちなどもうさせぬわ!!』

右の頭部がそう言う。

『貴様らの鈍く貧弱な魔術など我には効かぬ!!』

なんて左の頭部が言う。

『空は我の領域にして庭なのだ!!　混ざり物の竜人族如きが我と張り合うなど愚かなり!!』

最後に元々あった真ん中の首が、そうモイラさんのことを揶揄《やゆ》した。

邪竜オディウムは本気の姿になって気持ちが大きくなっているのか、先程まで劣勢でいたことを忘れてしまっているようだ。

驕《おご》り高ぶり――その結果、避けることを面倒だと思ったのだろう、攻撃を受けるという選択を採った。

「【形あるものは朽ち果てる《フォルム・ディケイ》】」

『だから効かぬと言っておろうが!!』

リナさんが放った一本の闇属性の捻《ねじ》れた漆黒の矢。

それはオディウムの鱗に変化を与えた。

矢を受けた箇所の鱗は緩やかに輝きと魔力を失い、最終的に干からびて砂のように崩れ落ちた。

だが、邪竜オディウムはそれに一切気付いていない。

【形あるものは朽ち果てる】は痛みや違和感なく、敵にダメージを与える技。

そして、この魔術の最も恐ろしいところは、周囲の部位にも影響が波及することにある。

オディウムは、愚かにもそれに気付かず、高笑いしている。

それを見たモイラさんは、万一にもオディウムに魔術の影響を気取られないために、俺らだけに聞こえるよう、念話で言う。

『アイツは本物の馬鹿なのか？　普通魔術攻撃を受けたら、何か体に異変がないか確認の一つでもするだろ』

モイラさんの正論に対して、ユリアさんが呆れたように答える。

『自分とあの黒山羊が最強だと思い込んでいて、敵の戦力を正しく把握することも出来ないのよ。自分の体に変化が起こっているかなんて気にもしないわよ』

『首も翼も増えた。尻尾も太く長くなった。それだけ見れば確かに脅威ではあるが、相手がそれらを十全に扱うことが出来ないアホならば問題ない』

姉さんがそう評価を下すのを聞いて、セインさんが珍しく闘志を滾らせながら言う。

『今は私たちも力を解放している。大戦を生き残った相手だって敵じゃない』

それに対して、リナさんが首を傾げる。

『なんでこんなおバカなのが大戦を生き残れたのかしら？　……あぁ、相棒の黒山羊がサポートしてた、とかかしら？』

確かに、その可能性は非常に高いだろうな。

だとすると、オディウムと黒山羊が一緒に戦わなかったのは悪手だと言える。

もっとも、それも俺らを舐《な》めていたからなのだろうが。

『確かに、黒山羊の方が頭を使って戦うのが得意そうでしたね。そう言えばリナさん、さっき使った魔術って大戦期には既にありましたよね？』

『ええ、そのはずなんだけどね……』

そんな風に会話している間にも、オディウムは魔術や尻尾による攻撃を息つく間もなく仕掛けてきているが、回避をするだけなら簡単だ。

そしてその間にも、オディウムの鱗は一枚、また一枚とゆっくりと干からび、崩れ落ちていく。

俺はちらりと姉さんの方へと視線を送る。

姉さんは、アートルム爺ちゃんの魂が宿る剣を取り出すかどうか迷っている。

だが、アートルム爺ちゃんはやる気満々なようだ。

剣は異空間に収納されているにもかかわらず、荒々しい魔力を感じる。

どころか、念話で話しかけてくる。

『レイア、カイル。まだこやつに儂の牙の恐ろしさを味わわせないのかのう？』

『正直言って、こいつに爺ちゃんの牙を味わわせてやるのはもったいなくないかな？』

そんな俺の意見に、姉さんは同意する。

『私もカイルと同意見だ。紛い物風情に、この剣を使うまでもないのではないかと思っている』

すると、アートルム爺ちゃんは真剣な調子で言う。

『相手が紛い物であるのは関係ないじゃろう。敵は全力を以て滅ぼす――それが陰の一族の先代竜王である我の喧嘩の買い方じゃ。だからこそ、二人とも存分に儂の牙を振るい、本物の竜の牙とはどれほど恐ろしいかをあやつに教えてやれ』

『『了解』』

言うが早いか、姉さんが異空間から剣を取り出す。

オディウムは剣が纏う強烈な存在感に目を奪われる。

それを見て俺も、異空間からアートルム爺ちゃんの牙から生み出した得物を取り出す。

取り出したのは、一振りの日本刀。

太刀に分類される反りの大きな刀で、柄頭《つかがしら》から縁金《ふちがね》、鍔《つば》や柄巻《つかまき》に至るまで全てが漆黒に染まっている。

そして、その日本刀からはアートルム爺ちゃんの荒々しい魔力や闘気が迸る。

俺は太刀を鞘から抜き放つ。

抜き放たれた太刀の刀身も、全てが漆黒に染まっている。

鍛冶師が言うには、牙の中に染み込んだアートルム爺ちゃんの戦いの記憶や魂の残滓《ざんし》が強烈に主張してきたことで、太刀だけでなく鞘すらも漆黒に染め上がったということらしい。

また、その刀身には見る者を魅了するほどの美しい箱乱刃《はこみだれば》と呼ばれる刃文《はもん》が現れている。

アートルム爺ちゃんが感嘆の声を上げる。

『何度見ても背筋が凍るほどの美しさじゃ。初めて見た時、あれが自分の牙から作られているのだと信じられなかったほどに。長い年月を生きたが、あれほどのものはそうそうお目にかかれていない』

姉さんも同意する。

「私も、魂が震えるというのはこういうことかと思うくらい感動したのを覚えているよ」

「ありゃスゲェな。鳥肌が止まらねぇ」

モイラさんが興奮したように言い、リナさんが頷く。

「あれが竜王様が見たいと仰っていた業物。本当にすごいわ」

ユリアさんが太刀をじっくりと観察しながら言う。

「……いやこれ、完全に業物の域を超えてるわよね？」

セインさんも、それに同意する。

「絶対にそう。あれは魔剣や聖剣と同等か、それ以上にすごくて恐ろしいもの」

オディウムを見ると、太刀と姉さんの剣を交互に見ているようだった。

流石の紛い物でも、この武具の格くらいは分かるらしい。

俺はスーッと太刀を振り上げ、切先を真上に向ける。そして、振り下ろす。

ああ、やはり手に馴染むな。

「姉さん。こっちはいつでもいけるよ」

俺の言葉に、同じく剣の封印を解いた姉さんが闘気を滾らせながら答える。

「こちらも準備は出来ている——アートルム爺、いきます」

『ああ！　紛い物とはいえ、豊潤で良質な魔力を感じる。喰い応えがあるのぉ!!』

その感情の昂ぶりに反応するように、太刀から溢れ出る闘気が強く濃くなっていく。

俺は深呼吸して心を静かに落ち着かせ、明鏡止水《めいきょうしすい》の境地へと至る。

時空間属性の魔力を刀身に纏わせる。

姉さんも高純度の無属性の魔力を剣身に纏わせた。

アートルム爺ちゃんは姉さんの上質な魔力を喰らって、ご機嫌だ。

感覚を鋭敏に研ぎ澄ませて警戒していたオディウムは、俺と姉さんに先手を取らせまいと素早く上空へと羽ばたき、魔力を練り上げて三つの首に集中させていく。

『我は見ていたぞ!!　あの老いぼれた竜の魔術に、必死に抗っている貴様らの姿を!!　そして我は、あの老いぼれよりも、他の邪竜よりも遥かに格上の存在だ!!　老いぼれに為せないことを我は出来るのだ!!　連結術式・【黒の巨人の破滅の剣】!!』

オディウムはそう得意げに叫びながら、【黒の巨人の破滅の剣】を生み出す魔術陣を発生させ、幾重にも重ねる。

俺はそれを見ながら、太刀を上段に構え、振り下ろす。

「【倒影《とうえい》】」

時空間属性の魔力による攻撃は、距離によって威力が減衰しない。

さながら水面に映った景色の如く。振り下ろしたのとは真逆――切り上げるような斬撃がオディウムへと飛翔する。それは奴の体の左側に生えている三枚の翼をあっさりと斬り落とす。

『グォオオ――!!　……だが、これで終わりだ!!』

オディウムは、連結術式を起動させながら大きくバランスを崩して墜落していく。

術式から現れたのは、リアマさんの【黒の巨人の破滅の剣】の倍はありそうな、瘴気を帯びた一本の巨大な炎の剣だ。オディウムはそれを、姉さんたちに向けて射出した。

『レイア。いつも通りに、じゃぞ』

アートルム爺ちゃんの言葉に、姉さんがいつもと変わらず冷静に答える。

「ええ、いつも通りに。私のやることは変わりません」

『それでよい。さて、この攻撃は儂を満足させられるかの～』

姉さんは反りのある剣を正眼に構えてから、横薙ぎに振るう。すると、剣の軌跡が半透明なアートルム爺ちゃんの頭部に形を変える。

恐らく、爺ちゃんの魔力によって生成された、魔力体だ。

それは【黒の巨人の破滅の剣】に向かって真っすぐに飛んでいく。

そして迫りくる【黒の巨人の破滅の剣】に向かって口を開き、喰らった。

「《喰らいしものを我が糧《かて》に変えよ》」

姉さんがそう言うと、アートルム爺ちゃんの頭部はUターンして戻ってきて、剣の中に溶け込んだ。

アートルム爺ちゃんは、上機嫌に言う。

『ゲップ……そこそこに上質であった‼』

そして剣の刀身は、膨大な魔力と熱を宿す。

姉さんはもう一度気合を込めて、剣を握り直す。

すると、剣身が鍔から切先に向けて漆黒に染まった。

剣が纏う、荒々しい魔力と闘気が濃くなっていく。

「《全てを断つ竜王の牙》」

姉さんが剣を振るうと、漆黒の斬撃がオディウムへと飛んでいく。

オディウムはすぐに反応するが、その反応速度を大きく超える速度で、斬撃は残っていた反対側の三つの翼と尻尾を斬り落とした。

翼を失い地面に落下したオディウムに向かって、モイラさんが駆け出す。

真紅の炎を両拳に纏わせ、高純度の火属性の魔力で覆い、強化。それをオディウムの右後ろ脚に何度も何度も何度も叩き込んだ。

次いで、ユリアさんも仕掛ける。火属性の魔力を両拳と九本の尻尾に圧縮させて強化し、十一連撃を左後ろ脚に見舞う。

こうして、オディウムの両後ろ脚は燃やし尽くされた。

続いて攻撃するのはリナさんとセインさんだ。それぞれ手の中に光を通さぬ黒き闇の剣——

【常夜の闇の剣（ノクス・ザ・ラーム・スパーダ）】と、眩（まばゆ）く闇を照らす光の剣——【輝く光の剣】を生成し、邪竜オディウムの両前脚を切り刻む。

とうとうオディウムの脚は、全て機能しなくなった。もう移動手段はない。

邪竜オディウムの三つの頭部が声を揃えて怨嗟《えんさ》を込めた言葉を叫ぶ。

『『『下等生物共がぁ!! この我を地に縫い付けようなど!! 許さんぞ!!』』』

ここまで来ても、邪竜オディウムは力量差を理解せず、自分がどれだけ絶望的なまでに追い詰められているのかを分からないでいる――いや、直視したくないだけか。

最強だと思っていた自らの力が一切通用しないという現実を目の当たりにして、虚勢を張って精神を保っている可能性もある。

だが、情けなどかけるわけもない。

邪竜オディウムと黒山羊ホズンは彼女を、俺たちの友人であるアーシャを傷つけた。そして、このまま放置したら世界に悪影響が出るだろうことは想像に難くないからな。

俺は高純度・高濃度の水属性の魔力を太刀に込める。そして納刀して腰を落とし、オディウムを見据えた。

基本的にオディウムは、頭部を使った攻撃をする際に左右の頭を攻撃に使うが、残る一つは戦況を把握するために攻撃に使わないことが多い――と俺は戦いの中で気付いたのだが、姉さんも同様のようだ。

「先に左右の首を切り落とす」と告げ、姉さんはオディウムに向かって駆け出す。

それを見て、アートルム爺ちゃんが愉快そうに笑う。

『ハハハ!! 儂が前座扱いとはな!! しかし、甘んじて受け入れよう。それほどまでにカイルの魔力が澄んで高まっているのを感じるからのぅ！ だが、ただの前座で終わるわけにはいかん。レイア、気合を入れるぞ！』

アートルム爺ちゃんの言葉に対し、姉さんは無言で闘気を膨れ上がらせることで返事とする。

そして、姉さんとアートルム爺ちゃんが声を揃えて言う。

「『我らに斬れぬものなし。我らに貫けぬものなし。我らに砕けぬものなし。故に、止められるものなし。活殺自在《かっさつじざい》・一振撃殺《ひとふりげきさつ》の剣戟《けんげき》、しかと御覧《ごろう》じろ』」

『『我の牙も、竜の牙だということを忘れるな!!』』

邪竜オディウムはそう言いながら、左右の頭部の牙に高濃度の魔力を込めてから首を亀のように引っ込めて溜めを作る。

恐らく超速の噛みつきで、姉さんの体を食いちぎる算段なのだろう。

だが反面、牙による二撃を躱してしまえば、伸びた首が無防備になってしまうというリスクを孕《はら》んでいる。

そういった意味で悪手に見えるこの攻撃だが――流石に無策というわけではないらしい。

俺は左右の首の喉奥にて、瘴気を纏う魔力が凝縮されているのを感知する。

――何か、仕掛けがあるのか。

奴としては隠しているつもりなのだろうが、俺からしたらバレバレだ。

それはもちろん姉さんとアートルム爺ちゃんにもだろう。

だが、気付いていながらも姉さんたちは受けて立つ。

姉さんは、更に剣に魔力を込める。

すると剣から漆黒の魔力が溢れ出し、姉さんの体の周りをユラユラと漂い始める。その漆黒の魔力は姉さんの体内に取り込まれていく。

姉さんの腰まで届く翡翠《ひすい》色の長髪の一部が、メッシュが入るかのように黒色に染まる。

姉さんの魔力と、アートルム爺ちゃんの漆黒の魔力が、姉さんの体内で混じり合う。

その魔力を、姉さんは自身の右腕と剣に圧縮する。

同じタイミングで、オディウムは縮こまらせていた首を一気に伸ばすと、姉さんに対して左右から挟み込むように噛みつき攻撃を敢行する――が、それは空振りに終わる。

ユラリと姉さんの体が動いたと認識した瞬間には、もう彼女はその場にはいない。

何も捕らえることのなかった牙が噛み合う『ガチン』という音が響く。

姉さんは、二つの頭の傍に立っている。

そしてオディウムがそれを認識するより前に、剣を振り下ろす。切断された二つの頭部は、綺麗な断面を見せてドスンという音を立てて地面に落ちる。

しかし、その二つの顔はニヤリと笑っていた。

『『滅びよ。我こそ真の竜なり』』

オディウムは喉奥に仕込んでいた瘴気を纏う魔力を、噛みつき攻撃をする際に一瞬で頭部へと移動させていたらしい。

地面に横たわる二つの頭から、暴力的なまでの熱が感知される。

――爆弾か。

故意に魔力を暴走させ、爆発させることで辺り一面を吹き飛ばす、自らの命と引き換えにした自爆技。

狙っていたのはそれだったらしい。

だが、姉さんとアートルム爺ちゃんは「『甘いわ!!』」と叫ぶ。

姉さんは一歩前に踏み込み、左に向かって薙ぐように剣を振るう。

振るった剣の軌跡から魔力が溢れ出して、アートルム爺ちゃんの頭部の姿へと形を変える。

しかし、先程生み出されたそれとは、全く質の異なるものだった。

先程のアートルム爺ちゃんの頭部は半透明だったが、これはかなり実体に近しい。

そしてそれは爆発寸前の二つの首を、バクリと喰らう。

その瞬間、この場を吹き飛ばすほどの威力を放つはずだった瘴気も、全てを燃やし尽くすはずだった熱も消え去った。

役目を果たしたかの如く、アートルム爺ちゃんの顔も一秒ほど遅れて消滅する。

オディウムの残った首は、慌てたような声を上げる。

『そ……そんなバカな!? あり得ん！ 我すらも無傷で済まぬほどの威力に設定したのだぞ!!』

しかし、俺らからしたら驚くことではまったくない。

あの程度の爆発で死ぬほど、古真竜という存在は弱くない。

そして、次は俺の番だ。

「さて、と」と呟き、大きく息を吐く。

――次の一振りで終わらせる。

俺は、先程までとは比べ物にならないほどの魔力を練り上げ、循環させる。

それにより、俺は魔力も肉体も極限まで研ぎ澄まされた。

オディウムは、俺の姿を見て死の気配を感じたのだろう。

恐怖でその場から動けないようだ。

『なぜ……貴様の背後に……死……が』

俺はそんなオディウムを見やり、淡々と言葉を紡ぐ。

「《刃が瞳に映ることなし。死を認識することなし。訪れるは静寂。故に、防ぐ手立てはこの世に在らず》【屠殺《とさつ》・一刀斬殺《いっとうざんさつ》】」

鯉口《こいくち》から抜刀と納刀の際の音が、同時に発せられる。

一拍遅れて、オディウムの首が地面に落ちる音。

落ちた首が、口を開く。

『我と……我が友ホズンこそが……この世の全てを……支配するに相応しい……〝最強〟なのだ』

「お前らのような奴が〝最強〟を名乗れるほど、この世界は優しくない。そんなことはこの世界に住む誰もが知っている。知らないのは、お前たちのように自分に都合よく考えて生きてきた者たちだけだ」

そんな俺の言葉に対して、返事はなかった。

オディウムは既に事切れており、その身に宿っていた魂も消滅している。

邪竜が悪しき影響を残さず逝ったのはきっと、絶望して死んだからだ。

自分が紛い物であり、最強でなく、更には友と生きていくことも出来ない——そんな現実を知り、この世に何かを残そうという気概がなくなったが故の、静かな死。

視線を横に移すと、オディウムの肉体がゆっくりと塵となって消えていくのが見えた。

ゆっくりと深呼吸して、緊張を解く。

さて、戦いは終わった。

俺と姉さんはアートルム爺ちゃんに礼を言ってから、武器を異空間に仕舞う。

あとは——

「アーシャ、大丈夫かな」

俺は姉さんたちと共に、先程ガイウスさんがアーシャを横たえた場所へ戻る。

しかし、誰もいない。

「——どういうことだ？」

姉さんが呟いたその瞬間、後ろから声がする。

「お捜しの姫は、こちらかい？」

そこには、静かに寝息を立てて眠るアーシャを抱えたガイウスさんがいた。

彼女の無事を確認出来たことに、俺たちはホッと胸を撫で下ろす。

話を聞くに、ガイウスさんは俺らの加勢に向かおうとしたのだが、遠目に見て助けずとも問題ないと判断したらしい。それからアーシャのもとへ先に向かい、芝生のところで休ませていたのだとか。

そんなわけでこれで本当に大団円の万事解決、である。

ガイウスさんにアーシャを運んでもらいつつみんなで里へと戻ると、竜人族の戦士たちがぎょっとした目で俺らを見てくる。彼らは、武装していた。

……どういうことだ？

戦士たちに話を聞くに、以下のような流れだったらしい。

アイロスさんとリリルさんが、俺らから少し遅れてアーシャが自宅にいないことに気付く。そして里中を捜し回ったが見つからない。それどころか俺らを訪ねたものの不在。調べていないところは墓所のみ。さて調べに行くか――というタイミングで俺らが帰ってきて今に至る、とのこと。

想定外の事態に騒ぎが起こるが、それを収めたのはアイロスさんとリリルさんだった。

アーシャを安静に過ごせる場所に寝かせたあと、二人の提案により、広場にて俺たちが竜の墓所で何をしていたのかを語ることになった。

説明が終わると、アイロスさんが気落ちしたように口を開く。

「……なるほど。我らが気付かぬ間にそんなことが起こっていたとは」

「鎮魂の儀を終えて警戒が緩んでしまったタイミングを狙われた形ですね。隠密性の高い影魔術の使い手が相手だったのも良くなかった。時間をかけず素早くアーシャを誘拐し、封印を解いてしまった、と」

そんな俺の推測にリリルさんが疑問を呈する。

「物音一つさせずに、この屋敷からアーシャを誘拐するなんて可能なのですか？　申し訳ないのですが、影魔術に関する知識があまりないもので……」

俺もかつてルイス姉さんから影魔術について教えてもらったものの、初歩的な知識しかない。

少し考えてから口を開く。

「こちらも推測になるんですが、里の外にいた誰かの影に潜り込んで里内に潜入し、影によって姿を偽ることで正体を隠していたのだと思います。そして、アーシャも自分の影の中に閉じ込めれば見つかりませんからね」

姉さんたちやガイウスさんの方へと視線を向ける。

みんなも同意してくれたので、概ね的を外していないということだろう。

俺の推論を聞いて、リリルさんは言う。

「この里の誰にも感知されずに敵はアーシャを攫えた。そう考えると、警戒が甘かったと言う他ありません。結界に関しても見直すことにします」

「そうする他ありませんな。邪竜が滅されたとは言え、竜の巫女の血に特別な力が宿っているのは変わりありません。それを利用しようとする不届きな輩が現れても対処出来るよう、竜種の方々と相談しつつ、警備を強化します」

「ええ、それがいいでしょう」

こうして、ひとまず今後の方策まで決まった。

すると、アイロスさんが突然頭を下げてくる。

「カイルさん、本当に助かりました。アーシャのことも、封印されていた邪竜のことも全て」

リリルさんも頭を下げ、言う。

「何か困りごとやご相談がございましたら、最優先でお手伝いさせてもらいたいと思っております。ぜひとも頼ってください」

その言葉に、竜人族たちが大きな声で続く。

「「「「「ぜひとも頼ってください!!」」」」」

それを聞いて、姉さんが微笑みながら答える。

「お気持ち、ありがたく受け取りました。何か困ったことがあれば遠慮なく頼らせてもらいます」

姉さんとアイロスさんが握手を交わし、広場は歓声に沸く。

竜人族も竜種も、アーシャを必死に捜し回ってヘトヘトなのにもかかわらず、みんな笑顔だ。

その表情は里が窮地を脱したことに対する安心というより、友達が無事だったことに安堵しているよう。

この里の人々はアーシャを個人として見ているんだな、と改めてほっこりする。

すると、竜人族の男性に付き添われアーシャが現れた。

その傍には魔力体のアートルム爺ちゃんもいる。もし何者かが現れた時にも対処出来るよう、護衛をしてもらっていたのだ。

アーシャを見ると、頬の傷は綺麗サッパリとなくなっている。竜人族としての再生能力の高さと、その身に宿る竜神様の加護のお陰だろう。

「みんな、助けてくれてありがとう」

そう微笑むアーシャに、ガイウスさんが心配そうな顔で聞く。

「もう大丈夫なのか？　気分はどうだ？」

「大丈夫。アートルムお爺ちゃんも大丈夫だって言ってくれたから」

『うむ。肉体面も精神面も、それから魂の方も全くの問題なしじゃな。そうですな、主よ』

すると、アーシャの胸の前の空間から白銀の鱗に朱色の瞳をした、子竜サイズの竜神様が現れる。

その瞬間、竜人族は全員片膝をついて敬意を表す。

竜種も首を垂れている。

竜神様はそんなみんなに、楽にするよう促す。

全員がアイロスさんを見る。アイロスさんが頷いてみせると、恐る恐るだがみんなは元の姿勢に戻る。

こうして一旦は落ち着いたかのように見えたが、竜人族の中でもお爺ちゃんやお婆《ばあ》ちゃんたちは竜神様を一目見られたことに喜びの涙を流す。

子供たちもただ静かに、その目に焼き付けるかのように竜神様を見ている。

竜神様はそんな反応に対してなんだか居心地が悪そうにしながらも、ひとまずアートルム爺ちゃんの言葉に答えることにしたようだ。

『アーシャの状態に問題はありません。アイロス、リリル。今回は私のミスです。敵が潜んでいたのを、友との語らいに気を取られて見逃してしまったのですから。大変申し訳ありません』

頭を下げた竜神様を見て、アイロスさんは慌てる。

「頭を上げてくだされ！　竜神様が謝るようなことなど、何もないのです！　それよりもアーシャが無事でよかったです。竜神様の御前で大変恐縮なのですが、その……」

恐らくアイロスさんは、今すぐにでもアーシャに駆け寄り、抱きしめたい気持ちなのだろう。

誘拐されていた子供が戻ってきたのだから、当然である。

竜神様はそれをしっかり感じ取り、『行ってやりなさい』と告げる。

アイロスさんとリリルさんはアーシャに駆け寄り、目に涙を浮かべながら抱きしめた。

「良かった！　……本当に良かった」

「本当に貴女が無事で何よりです。守ってあげられなくてごめんなさい、アーシャ」

アイロスさんとリリルさんの言葉に、アーシャは笑みを浮かべながら答える。

「いいの。アイロスとリリルはいつも私を守ってくれてるから。感謝しかないよ」

アーシャの言葉に、アイロスさんとリリルさんは堪えきれずに涙を流す。

竜神様やアートルム爺ちゃん、里のみんなはそんな光景を微笑ましげに見ている。

そんな中、いつの間にか食事を作りに行っていた竜人族の料理人たちが昼食を持ってきた。

深夜から何も口にしていなかった俺らの腹の虫が同時に鳴く。


皿や飲み物なんかを受け取り、さて、食事を始めようか――というタイミングで竜神様とアートルム爺ちゃんが近づいてきた。

竜神様は俺らに向かって頭を下げる。

『改めて、アーシャを助けてくださって感謝します。それにしても、邪竜の存在やアーシャの血については、あなた方と、そしてこの里や世界の各地に散っている竜人族や竜種しか知りません。しかし今回このような事件が起こったことを考えると、どこかから情報が漏れていたということ――』

竜神様の言葉をアートルム爺ちゃんが継ぐ。

『竜の巫女の存在が知られてしまうのもよろしくはないが、もしこの先、より重要な情報――竜の巫女の血は竜神様の因子を宿しているだけでなく、竜神様の魂をも宿しているのだと知られてしまえば、この里は今以上に危険に晒されてしまう』

アートルム爺ちゃんが言わんとしていることに、俺は思い至る。

「竜神様をその血から呼び出せるということはつまり、竜の巫女の血を利用して、より凶悪な力をその身に宿した邪竜を生み出せる可能性を孕んでいる——ということですか？」

竜神様とアートルム爺ちゃんは押し黙る。

否定をしない所を見ると、俺の立てた仮説は竜神様たちも危惧している最悪の未来だということか。

そんな風に考えていると、アートルム爺ちゃんが言う。

『カイルよ。あれを——儂の牙を使って作ったあの武具を主にも見せてやれんかの？』

「……どうして？」

アートルム爺ちゃんは声を低めて真剣な声で言う。

『邪竜を殺せる武具が存在するということを、主に伝えたいんじゃ』

アートルム爺ちゃんの言葉に、竜神様を含めた俺たち全員が驚く。

……邪竜が何も残さずに逝ったのって、俺らが圧倒したことで絶望したからなんじゃないのか？

アートルム爺ちゃんの言葉通りなのだとすると、あの太刀の格が高く、それが故に邪竜を滅せたということなのか？

俺は戸惑いながらも精霊様方に念話で許可を取ることにした。

精霊様方も、あの太刀が作られた邪竜を殺し得る武器なのか、竜神様に見極めてもらう必要はあるだろうという意見らしく、許可してくれた。

俺は異空間から、漆黒の太刀を取り出す。

この太刀にアートルム爺ちゃんの魂は宿ってはいなくとも、使われているのは幾多の敵を葬ってきたアートルム爺ちゃんの牙だ。残滓のようなものが染みついている。

それ故にこの太刀を使って敵を斬った後は、刀自体が昂ってしまう。だから、使用した後は異空間に置いておき、落ち着くのを待つようにしている。

まだ戦闘からさほど時間は経っていないものの、今は落ち着いているようだ。

『抜いていただいても？』と問う竜神様に対して「ええ、分かりました」と俺は頷く。

太刀の刀身を鞘から抜き放った瞬間、一気に圧が増す。

――こいつ、俺に抜いてもらうために落ち着いたフリをしていやがったな。あぁ、まったく。

俺は口の中だけで小さく声を発する。

「大人しくしてろ」

意思を込めて魔力を流し込み、迸る圧を強制的に黙らせた。

太刀は渋々といった様子ではあったが、圧を引っ込めて大人しくなる。

俺はため息を一つ吐いて、刀身を竜神様に見せる。

竜神様はしばらく太刀を眺め、そしてしみじみと言う。

『……なるほど。確かにこれは、稀代の業物だ。私を十分に殺し得る』

それを聞いたアートルム爺ちゃんは嬉しそうな声を上げる。

『――流石は儂の牙でありますな!!』

『まったく、貴方という竜は。カイル、その武具を大事にしてあげてください』

「はい」

俺は頷き、異空間の中へと太刀を収納する。

そこに、モイラさんがお腹をさすって我慢出来ないといった表情をしながら、竜神様やアートルム爺ちゃんにもこの時ばかりは臆せずに意見を言う。

「とりあえず、御飯食べたい。いいですか？　竜神様」

『これは申し訳ありません。では、冷めてしまう前にいただきましょうか』

周囲を見ると、流石に竜神様を差し置いて食事は出来ないということだろう、里のみんなも涎を垂らしながらこちらを見て待っているようだった。

竜神様からのお許しを得て、モイラさんはハイテンションで里の人々の方に向かって言う。

「よしみんな！　お許しが出た！　ガンガン喰うぞ～!!」

「こら、モイラ!!　行儀が悪いぞ!!」

とはいえ、そう口にするガイウスさんの視線は食事に釘付けだ。

それから、どんちゃん騒ぎしながらの竜の隠れ里での最後の食事が始まる。

里で過ごした日々を思い返し、また一つ前世の家族に再会出来たなら話したいと思えることが増えたなと思う俺だった。

第九話　噂

竜の隠れ里への里帰りを終え、一週間が経った。

行きはワイバーンでお迎えだったが、帰りは竜種の背に乗せてもらえた。

というのも、鎮魂の儀のために集まった竜種の中に、ウルカーシュ帝国の方面に帰る方がいたので、厚かましくも送ってほしいと頼んだら快諾してもらえたのである。

なんなら別れる際に、『いずれ私たちの棲む大陸にも遊びに来てください』というお誘いまでいただけた。

そんな風に回想しながら作業を終え、俺は口を開く。

「これでよし。二振りとも完成です」

俺の言葉に、傍らで作業を見守ってくれていた緑と黄の精霊様は何とも言えない表情を浮かべる。

「これはまた……」

「どちらも漆黒の太刀と遜色がない」

それに対して赤の精霊様は安堵する。

「あれらを使って鈍《なまくら》を生み出したら大問題ではあったからな。そうなっていたら、私はお前を殺していたかもしれん」

『まさかそんなこと……』なんて思いながら赤の精霊様の表情を窺うが、冗談を言っているわけではなさそうだった。目がガチだ。

「それにしても」と青の精霊様が、呆れたような口調で切り出す。

「竜神も陽の一族の竜王も、面白そうだからってこんなことするなんてねぇ～」

「もう片方の陰の一族の先代竜王――アートルム爺ちゃんがあんな感じなので、ある意味納得ではありますけどね。割と竜種の方々は面白さ主義みたいなところがあるのかな、なんて」

俺の言葉に対して、精霊様方はこれまでに目にした竜種との思い出を振り返るように斜め上に視線を送り――

「「「「あ～。確かにそうかも」」」」

今俺がいる場所は、誰にも見られず感知もされない、精霊様方四人が生み出した異空間の中だ。

そこで行っていたのは里の土産として渡された、竜神様の牙と陽の一族の現竜王の牙の加工作業だ。

ここ一週間はただひたすらに、竜神様と陽の一族の竜王様の牙を太刀に生まれ変わらせるため、鍛冶作業、食事、風呂、睡眠のみの生活を送っていた。

ただその甲斐あって、二振りともアートルム爺ちゃんの牙の時と同じように、会心の出来だ。

陽の一族の竜王様の牙を使って打った太刀は、柄頭から鍔、そして切先に至るその全てが純白に染まっている。刀身を納める鞘も、純白に染め上げられている。

そして、もう一振りは竜神様の牙を用いた太刀。こちらは太刀の柄頭から縁金の部分までは漆黒に染まっているものの、鍔は灰色で、刀身は切先に至るまで全てが純白だ。

鞘は鯉口のあたりは漆黒に染まっているが、鞘尻に向かうほどに純白に変わっていく。

アートルム爺ちゃんの牙を使った太刀が黒一色、陽の一族の竜王様の牙を使った刀が白一色だったことを考えると、竜神様はその両方の性質を持ち合わせている――ということなのだろう。

早速、二振り共に試し斬りを行う。

「分かり切っていたことだが、竜神の牙を用いた太刀はありとあらゆる性能が他の二振りより一段階上だな」

緑の精霊様の言葉を聞き、俺もそれに同意する。

「そうですね。それに、魔力を込めた時に、他の二振りには見られなかった変化があって驚きました」

それに関して、赤の精霊様が教えてくれる。

竜神様の牙から作った刀は、魔力を込めるとその属性に応じて柄、鍔、刀身の色が変化したのだ。

「あれは、全ての魔力属性を司る竜神の一部を使っているからこそ起きた現象だな」

黄の精霊様が言う。

「星が直接生み出した最初の竜には、陰陽の一族であっても遠く及ばない」

「それにしても、竜神はいつまで竜種や竜人族を守り続けるのかしら。竜神が子離れするのが先か、あの子たちが親離れするのが先か。どちらにしても、あの調子だといつになるやらね……」

そう青の精霊様が締めた。

竜神様にとって竜種や竜神族は遍く自分の子供だと考えると、子供には幸せでいてほしいという親心、か。

だが、青の精霊様の言うように、いつか竜種や竜人族はその庇護に頼らず、自分たちだけの力で生きていかねばならない。

竜種の方々と竜神様の関係がどう変化するのかは、その時になってみないと分からないわけだが。

俺は最終確認を終えた二振りの太刀を、一振りずつゆっくりと鞘に納刀していく。

アートルム爺ちゃんの太刀と同じで、二振り共それぞれ牙の持ち主の気性が刀身に表れている。

うん、どちらも穏やかな気性の太刀のようだ。

そんなこんなで作業は終わったので、久方ぶりに現実世界へと戻るとしようか。

精霊様方に頼んで、異空間の出口を生み出してもらう。


扉を通ると、そこはレスリー兄さんの屋敷の部屋の中。

いい匂いがするので、それを追ってリビングへと向かうと、屋台の料理や飲み物の数々を、姉さんたちが食卓に並べているところだった。

「やっと終わったのか」

「まあね。それにしても、丁度いい時に帰ってきたみたいだ」

俺は姉さんに返事をしたものの、美味しそうな料理に目を奪われてしまう。

それを見て、モイラさんが言う。

「なんでも、帝国の北西方面の地域で有名なレストランが、こっちの方に進出してくるらしいぞ。んで、そのレストランはまだ開店していないんだが、味を知ってもらうために屋台を出していたんだ」

「いい匂いだった。気付いた時には既に大量購入した後だった」

そう口にするセインさん。

俺は聞く。

「他の人の分まで買い占めていないですよね？」

それに答えたのは、セインさんではなくユリアさんだった。

「その辺はしっかり確認済みよ。安心して」

リナさんも言う。

「いっぱい買ったからって多少まけてくれたくらいよ。今後ともよろしくって」

俺は胸を撫で下ろす。

彼女たちの人並み外れた食欲を知る俺は、それが迷惑になっていないかをついつい心配してしまう。料理させられ続けたせいで、嫌な癖がついたものだ。

さて、食事は並べ終わった。

そろそろ腹が限界だ。

料理は、どれも本当に美味しかった。

特に驚いたのは、調味料や高級食材に頼るような料理でなかったことだ。

確かに高級な食材は使われている。だが、あらゆる食材や調味料の美味しさを的確に引き出し、かけ合わせた美しい数式のような逸品ばかりなのだ。

これが一流の料理……俺もまだまだ研究しなければ。

支店が出来たら、ぜひとも通いたい。

そんな風に舌鼓《したつづみ》を打っていると、姉さんが俺に言う。

「カイル。孤児院の方から、時間が出来たら顔を出してほしいと伝言を受けた。何でも、子供たちがまだかまだかとシスターたちに毎日のように言っているらしくて、困っているんだとか」

ここ一週間鍛冶にかかりきりだったからな。

明日の朝に孤児院へ顔を見せに行くことにしよう。

「分かった。明日の朝に行ってくるよ。姉さんたちの明日の予定は？」

「またレスリーの手伝いだ。あの何でも一人でこなそうとする困った兄が頼ってきた時くらい、力になってやらねばな」

姉さんたちが兄さんに手を貸しているのは知っているが、一体何をしているんだろうか？

ちなみに当の兄さんは仕事で屋敷にはいない。

そんなことを考えていたら、ふとあることを思い出した。

「そう言えば、以前兄さんに会った時に、魔術大学の魔術競技大会？　ってのがあるって聞いたけど。姉さんたちが手を貸してるのって、もしかしてそれ？」

「そうだ。その内、お前にもレスリーから話がいくかもしれん。まあ、頭の片隅にでも入れておけ」

「了解」

俺は姉さんの言葉に頷いて返した。

◇　◇　◇　◇

翌日、俺は早速孤児院に遊びに来た。

孤児たちは、俺が現れると嬉しそうに笑みを浮かべながらスライムアニマルと共に近寄ってくる。

猫型や犬型をはじめとした小型のスライムアニマルは俺にすり寄ってきて、ペガサスなどの幻想種を模したスライムアニマルは、子供たちのことを少し離れた位置から見守っている。

彼らに芽生え、時間と共に成熟していく自我と精神は、子供たちのお陰でいい方向に成長しているようだ。

そんなことを思いながら、俺はスライムアニマルに傷やエラーなどがないか点検した。

「特に気になるような傷も異常も見当たらないね。正常な状態だ。もう遊んできてもいいよ」

俺がそう言うと、猫型のスライムアニマルが魔力を介して、感情を伝えてくる。

『――!!』

「……そうか。やっぱり、そうした方が子供たちにとってもいいか」

孤児院を訪れた時には、スライムアニマルたちに不調がないかなど調べるために、物理的・魔術的な健診を行っている。

今の所、修復不可能になるような大きな外傷を見つけたことも、術式や核となる魔石に魔術的な傷を見つけたこともない。

それはスライムアニマルたちが、子供たちに大事にされている、愛されている証だろう。

しかし、今回初めてスライムアニマルが俺に訴えかけてきた。

魔力から伝わってきたのは、『子供たちと話したい』という強い想いだった。

「一旦魔石を取り出すことになるがいいか？」

俺がそう聞くと、鷹型と熊型のスライムアニマルが喜びを伝えてくる。

「分かった、分かった。順番にな。術式を考えるから、ちょっとばかし時間をくれ。それと、悪いが順番は小さい子からだぞ。いいよな？」

ペガサスやフェンリル、スレイプニルといった中型や大型に分類されるスライムアニマルにそう伝えると、彼らは静かに頷いた。

「出来るだけ早く仕上げるよ。それまでは、いつも通りに子供たちと遊んでやってくれ」

俺の言葉を聞き、スライムアニマルは子供たちのもとへ。

その足取りはいつになく軽い。

子供たちとスライムアニマルたちが和気藹々《わきあいあい》と孤児院の庭を駆け回っているのを眺めながら、俺は術式を組み上げる作業に入る。

魔石に付与した術式を中心にして、様々な術式をその周りに展開。

さて、どの術式を組み合わせようか——なんて考えていると、エマさんとリムリットさんがやってきた。

二人に簡単に挨拶をしてから、スライムアニマルを改良している旨を伝えて作業に戻る。

「こんな光景は初めて見たよ」

俺が術式に改良を加える作業をしているのを見て、リムリットさんが呆れながらそう言う。

それに対し、エマさんは驚きながら同意する。

「私も見たことありません。ですが、これがいかにすごいことかというのは、魔術を識《し》る者たちからすれば一目瞭然《いちもくりょうぜん》です。まぁそもそも、スライムアニマル自体が腰を抜かすほどすごい存在ですけどね」

リムリットさんはそれを聞いて苦笑しつつ、スライムアニマルたちのすごさや可愛らしさが孤児院を超えて広まってきていることを教えてくれる。

「最近は他の教会の司祭やシスターなんかも見に来るし、近所の爺婆《じじばば》たちも遊びに来て、ホッコリした顔で子供たちとスライムアニマルたちを眺めて帰っていくんだ」

そんなリムリットさんの言葉に、口角が上がる。

「それは俺としても嬉しい話ですね」

すると、エマさんが何かを思い出したかのようにハッとした表情を浮かべる。

「他の教会の方々が、スライムアニマルに関する視察をしたいと言っていた件はどうされたんです？」

「ああ、そんなこともあったね。それについては保留にしたよ。私らだけの問題じゃないからね」

「そうですよね。私たちが勝手に話を決めてしまってはいけませんからね」

二人の会話から、どうやら他の教会からスライムアニマルに関して何か言われたみたいで、その問題の解決に俺が関わってくるらしいと分かった。

エマさんやリムリットさんには色々とお世話になっているので、俺に出来る範囲のことなら協力したいと思う。

ただ、その話を聞くのは少しだけ後回しにさせてもらおう。

術式が完成したので、それを先に試したい。

「どうせなら、新しい子も一匹生み出してみるか」

俺は新たなスライムアニマルを生み出す。

一週間前まで竜人族の里で毎日のように顔を合わせていた、風竜のティフォンさんを模した翡翠色に輝く鱗を持つ子竜だ。

俺はそれを優しく抱きかかえながら、ポーチから緑に輝く上質な魔石を取り出す。

その魔石には風属性の魔力が内包されている。

それに、完成した術式を付与して、スライムアニマルの肉体の中に組み込んだ。

魔石が体に馴染み、術式が起動すると、スライムアニマルは目をゆっくりと開いて俺を見る。

そして、念話を送ってくる。

『初めまして、我が創造主。私に名前をください』

名前なら、既に考えていた。

俺は口を開く。

「ミストラル——君の名前はミストラルだよ」

ミストラルは目をパチクリさせた後、嬉しそうに微笑んだ。

『……ミストラル。私の名前はミストラル。心に響く良き名ですね』

「そうか。それなら良かったよ」

『はい』

それから数分経ってもおかしな思考や動きは見られない。

俺はホッと胸を撫で下ろす。

俺はミストラルを、エマさんやリムリットさんに紹介する。

ミストラルは翼を無音で羽ばたかせて宙に浮きながら、エマさんとリムリットさんに念話で自己紹介と挨拶をする。

エマさんもリムリットさんも、俺がどのような術式を開発しようとしていたかまでは知らない。

なので、大層驚いていた。

しかし、二人はすぐに気持ちを切り替え、ミストラルに自己紹介を返す。

ミストラルのことを微笑ましく見ていると、狼、兎、栗鼠《りす》のスライムアニマルが近寄ってくる。

『早く自分たちも喋れるようにしてくれ』という気持ちがありありと伝わってくる。

「慌てない、慌てない。さっきも言ったが順番にな。それじゃあ、小さい子たちから始めるぞ。名前は子供たちにつけてもらおうと思っている。良い名前を付けてもらえるように存分に甘えに行ってこい」

俺がそう言うと、スライムアニマルたちは素直に子供たちのもとへ戻っていった。

子供たちにも名前を付けてほしい旨を伝えると、彼らはスライムアニマルたちを引き連れて、助言を貰いにエマさんとリムリットさんの所に向かっていった。

そして二人に相談しつつ、楽しそうにみんなで話し始める。


全てのスライムアニマルの術式の改良が終わったのは昼頃だった。

昼食は竜人族の里で振る舞った料理を、子供たちやスライムアニマルたち、エマさんやリムリットさんにも食べてもらおうと思っていた。

エマさんに許可を貰って孤児院の庭の一角に俺のテントを設置する。

子供たちやスライムアニマルたちは、それを見て、ワクワクした表情を浮かべている。

「さて、始めるか」

基本的には竜の里で振る舞ったバーベキュー中心でいいだろうが、栄養バランスは考える必要がある。

気持ちいつもより野菜を多く焼くことにした。

徐々に漂ってくるいい匂いに、孤児院の子供たちも鉄板の周りに集まってくる。スライムアニマルたちも俺の作る料理に興味があるらしく、子供たちの後ろで待機している。

ちなみに今回使用している肉類は、竜の里で振る舞ったものよりも美味しいはず。

なぜなら、竜人族の里の料理人たちに意見をもらって開発したものだからだ。

俺は、会議の様子を思い返す。

「魔力の豊富な餌を食べた豚や牛の肉を、更にもう一段階質を上げるためには何が必要だと思います？」

俺がそんな風に質問すると、料理人の一人が驚きの声を上げる。

「この上質なお肉を、更に美味しくするつもりなんですか⁉」

「まだまだ美味しくなる可能性はあると思います。いくつかアイデアを試してみたんですが、なかなか上手くいかなくて……」

すると、別の料理人が顎に手を当てながら言う。

「参考になるか分かりませんが、氷属性の魔力で凍らせるか、時空間属性の魔術で時間を止めるかして、肉が劣化しないようにする――なんていうのはやっていますね」

「……時間か。そういえば、まだ試していなかったアイデアがあるのを思い出しました」

「何か思いついたんですか？」

最初に驚いた料理人がそう言うのに対して、俺はもったいぶって言う。

「本当に美味しくなるかはわかりませんが、試してみたいことが出来ました。皆さんには美味しいものを食べてほしいので、上手くいったら試食をお願いします！」

俺のそんな言葉に、その場にいた料理人はみんな、目を輝かせて――

「「「「「「楽しみに待ってます!!」」」」」」と答えた。


そんな風に回想しながらも、俺の手は淀みなく動いていた。

肉が焼き上がったので、付け合わせの野菜と一緒に綺麗に盛り付けて、配膳《はいぜん》していく。

そしてみんなで一緒に手を合わせると、早速子供たちがお肉を一切れ口に入れた。

竜の里の料理人たちはこの肉を食べさせたら太鼓判《たいこばん》を押してくれた。

子供たちは果たして――

「うんわ、何これ何これ！」

「美味しすぎるよ！」

「カイルお兄ちゃん！　天才！　こんなに美味しいお肉、食べたことない！」

子供たちは、揃って恍惚《こうこつ》の表情を浮かべている。

口に含んだ瞬間に溶けるように消えていく、霜降《しもふ》り肉の薄切り。

そして噛んだ瞬間に肉汁が溢れる分厚いシャトーブリアン。

そりゃ美味しいに決まっている。

だが、そこにもう一工夫することで、それらの肉は至高の領域に至るのだ。

俺が試したのは、熟成――食材をあえて寝かせることで美味しくする手法だ。

前世では一般的だったこの手法だが、この世界には、そのような発想自体がない。

食材を保管する際には氷漬けにするか、氷室に入れて冷蔵管理するのが一般的。

時空間属性の魔術による保存にしたって、それは美味しくするためというより腐らないようにするための手段だ。

だが、それを聞いて、なれば美味しくするために時間を使おうと思いついたのである。

俺にすり寄ってくるスライムアニマルたちにも、お肉や野菜を食べさせる。

『何これ、美味しい‼』

『口の中でお肉が溶けちゃう‼』

『美味しい‼』

『とても美味しいわ。まだありますか？　主様』

スライムアニマルたちもそんな風に、口々に感動を伝えてくる。

彼らが可愛らしくて思わず頬を緩ませていると、後ろからエマさんが話しかけてきた。

「カイルさん、ありがとうございます！　こんなお肉、食べたことがないです！」

「それは良かったです。リムリットさんはどうです？」

「私もこの歳までそれなりのものを口にしてはきたけどね。美味しいとしか感想が出ない体験は初めてだよ。こんなに大盤振る舞いしていいのかい？　ここまで美味しいと結構な値がしただろう？」

「いえ、お金のことは気にしなくて大丈夫ですよ。これらは全部自分で狩って手に入れたものなので。それに、美味しいものはみんなで分かち合いたいですからね」

「そうかい。助かるよ……本当に。お前たち、カイルにしっかりと感謝するんだよ!!」

「「「「「「ありがとう!!　カイル兄ちゃん!!」」」」」」

お礼を言う子供たち。

こんなに喜んでもらえるなら、振る舞い甲斐があるってもんだ。

「どういたしまして。おかわりはいっぱいあるから遠慮するなよ～」

俺の言葉に、子供たちは喜び勇んで鉄板の前に並ぶのだった。

それにしても竜の里の人々とは違い、子供たちは野菜も嫌がることなく食べてくれる。

感心しながら野菜は苦手じゃないのかと聞くと、子供たち曰く『美味しいものは食べられる時に食べておかないと勿体ないし、残したらエマさんやリムリットさんに怒られてしまう』とのこと。

エマさんもリムリットさんも、毎日当たり前のように食事が出来ることがいかに幸せであるかを知っているからこそ、食事に関してだけは子供たちに厳しいことを言うのだろう。

この世界にも紛争地帯は存在するし、寒村なんかもある。

そういった場所では、食事を三食確保することすら難しいと聞く。

だが、それを幼い頃から理解するのはとても難しい。いや、幼くなくとも、か。

帝国のそんな現実を知り、弱者を慮《おもんぱか》れる人間がどれだけいるのだろう。

そんなことを考えてしまう俺だった。


美味しいものをお腹いっぱい食べた後、子供たちはお昼寝タイム。

子供たちがスヤスヤと眠りに就いている間に、俺は周囲の空間の消臭と、鉄板の片付けを行った。

エマさんやリムリットさんは、お仕事がまだ残っているとのことで、教会の方に戻っていく。

彼女たちにも消臭の魔術をかけて、焼肉の匂いが気にならないようにしておいたので、誰かと会うようなことになっても大丈夫だろう。

そんなこんなで特にやることもないので、俺はテントの中に入り、本を読むことに。

最近は、ゆっくりと過ごす時間が中々取れなかったが、こういうゆったりとした時間はやはりいいな。

読書に没頭していると——
「カイルさん、少しお時間よろしいですか？」

顔を上げると、そこにはエマさんが立っていた。

本に栞《しおり》を挟んで傍に置く。

「どうされましたか？」

エマさんはそれに答えず、代わりに真剣な表情を浮かべて少し硬い声で言う。

「リムリット様の執務室まで来ていただけますか？」

どうやら真剣な話のようだ。

そういえばスライムアニマルたちの術式を改良していた時に、何か問題が起こっているようなことを言っていたから、それについてかもしれない。

俺は「分かりました」と言うとテントを仕舞い、お昼寝を終えて元気にスライムアニマルたちと遊び回る子供たちを横目に見ながら、エマさんと共にリムリットさんの執務室へ。

それぞれがソファーに座ると、リムリットさんがここ最近起こっている問題について説明してくれる。

話を整理すると、以下のような事態になっているらしい。

まずスライムアニマルの特異性が孤児院の外にまで広まってしまった結果、アホな商人がそれを売りさばけないか目を付けた。

そして、孤児院に乗り込み、半ば無理やりに子供たちと引きはがそうとしたら、スライムアニマルたちがそれを高い戦闘力で以て撃退してしまう。

その噂も急速に広まってしまい、『スライムアニマルの実態を調査させろ』と各教会の司祭たちに詰められたらしい。

そうしてリムリットさんがまず頼ったのは、城塞都市メリオスの領主であるフォルセ様だった。

その結果――

「二日後に領主様が直々に視察に来るんだそうだ。急な話で大変申し訳ないのだが、それに同席してほしい」

エマさんも悲しそうな顔をしながら言う。

「面倒事を頼んでいるのは分かっています。でも……子供たちからスライムアニマルを引き離すなんて……可哀想で……」

「私も同意見だ。カイル、どうか助けてくれないかね」

エマさんとリムリットさんが困っているというのなら、俺が手を貸すことを断る理由はない。

それに、スライムアニマルを生み出したのは俺だし。

「分かりました。俺も子供たちを泣かせたくはないですから。明後日だけでなく、明日もまたこちらに伺います」

俺がそう言うと、エマさんもリムリットさんも安心したようにホッと胸を撫で下ろしている。

「助かるよ。本当に助かる。ありがとう」

「カイルさん!!　ありがとうございます!!」

それから俺らは二日後の視察に備えて綿密に打ち合わせを行った。

そして、エマさんとリムリットさんとの打ち合わせを終えた後は、日が落ちるまで元気いっぱいの子供たちやスライムアニマルたちと庭で楽しく遊び回った。

第十話　安心と黒雲

二日後。ついにフォルセさんによる孤児院の視察が行われる日。

実際に視察の対象になるのは、孤児院ではなくスライムアニマルたちだ。

特に子供たちが狙われた際に見せた戦闘能力について調べたいという名目ではあるが、フォルセさんはスライムアニマルを生み出したのが俺だと知っているらしい。

好奇心半分、警戒半分って感じだろう。

エマさんはソワソワと落ち着かない様子だし、リムリットさんは緊張が隠せていない。

そんな大人たちの動揺が伝わっているからだろう、子供たちも今日ばかりは静かだ。

少しして、教会の前に馬車が二、三台ほど停まり、先頭の馬車から順に人が降りて教会に入ってくる。

フォルセさんに、護衛役として付き添っているのは息子のウィルさんか。

この件に俺が関わっていることから、フォルセさんが気を遣って、話しかけやすいウィルさんを連れてきてくれたのだろう。

ウィルさんは兄さんの友人でもあり、これまでも何度か話したことがあるからな。

そんな二人に続いて、別の教会の司祭と思われる人が数人と、お付きの神官さんやシスターさんたち、護衛の神殿騎士たちが順に降りてくる。

神殿騎士たちの力量は非常に高く、テミロス聖国の自称騎士たちとは比べ物にならない——いや、比べるのも失礼なほどに高い力量や魔力を肌で感じる。

フォルセさんがこちらに近づいてきて、柔らかい雰囲気で挨拶をする。

「リムリットさん、エマさん。今日はよろしくお願いしますね」

「よろしくお願いします」

次いでフォルセさんは、俺の方に向き直る。

「久しぶりだね、カイル君。元気にしてたかい？」

「お久しぶりです。暫く兄さんの屋敷に籠っていました。元気ですよ」

「ああ、だからレイア君たちだけで依頼を受けていたわけか」

すると、赤い司祭服を着た男性が口を挟んでくる。

「失礼。フォルセ様、雑談はそのくらいにしていただけると助かります」

その男性は服の上からでも分かるほどに筋肉質で、身長も百九十センチくらいはありそうだ。

赤い司祭服を着ていることから、戦神などの戦いを司る神の神殿に仕える人だと分かる。

戦神などの神を信仰している宗教は、神官であろうともシスターであろうとも、一定の戦闘能力を求められることで有名だが、なるほど納得だ。

「ああ、すまないね。世間話はこれくらいにして本題に入ろうか。それでは、リムリットさん、エマさん。特殊な動物たちについて教えてくれるかい」

フォルセさんの言葉に、リムリットさんが代表して答える。

「では、説明を始めさせていただきます」

それから、リムリットさんはスライムアニマルについて説明する。

最初にスライムアニマルが水で出来た自律型ゴーレムだということ、孤児院での役割などをざっくり話す。その後フォルセさんやウィルさん、各宗教の司祭さんたちからの質問を受け付ける、という流れだ。

今のところ、各宗教の司祭さんたちの質問には悪意も害意も感じない。

とはいえリムリットさんもエマさんも緊張のせいか、疲れが見える。

それを目聡く見抜いたフォルセさんが、赤い司祭服の男性——ウィクトルさんと言うらしい——に目配せをする。すると、彼はそれに頷き、本題へと入る。

「リムリット殿、事件の際に子供たちに怪我はありませんでしたか？」

「幸いにもスライムアニマルたちが子供たちを守ってくれたから、大丈夫でしたよ。本当は私たちがしっかりと守ってやらないといけなかったんですけれど」

リムリットさんの言葉に、ウィクトルさんは少し申し訳なさそうな表情を浮かべる。

「責めるように聞こえてしまったのなら申し訳ない。子供たちが無事ならばそれでいいのだ。そうか、スライムアニマルとやらが守ってくれたと……」

各宗教の司祭たちはウィクトルさんに一目置いているようで、その出方を窺っているように見える。

そして、暫くするとウィクトルさんは子供たちの方へ歩いていく。

子供たちは、彼からスライムアニマルを守ろうとしているようで、背中に隠そうと必死だ。

ウィクトルさんは、先頭に立つ子供に手を伸ばし——その頭を撫でるとニカッと笑って子供たちに言う。

「私に君たちの友達について教えてくれないか？」

おずおずと、孤児の女の子——クトリが聞き返す。

「司祭様は、この子たちをどこかに連れていったりしない？」

「ああ、しないよ。私も彼らと友達になりたい、それだけなんだ」

「本当？」

「ああ、本当だよ」

「……分かった。カイル兄ちゃん、いい？」

俺は頷く。

「ああ、いいぞ」

彼から悪意は感じられなかったしな。

それからクトリたちは、満面の笑みでスライムアニマルの自慢を始める。

各宗教の司祭さんたちもそれに続き、前のめりで子供たちの話を聞き始める。

紹介されたスライムアニマルたちは胸を張っていて、どこか誇らしげだ。

それがなんだか可笑しくて、みんな笑い出す。

なんだかすごく和やかな雰囲気だ。

しかし犬型のスライムアニマル——フェデルタが念話で『楽しいねぇ！』なんて声を発したことで空気が固まる。

フォルセさんとウィルさんがこちらへ視線を送る。

それを見て、フェデルタは尻尾を縮こまらせて言う。

『主～、喋っちゃダメだった？』

少し考えるが、今回視察に来た皆さんは信用出来そうだし気にすることもないか、と俺は判断した。

「いや、ダメじゃないよ。禁止していなかったし。君たちには、自分でものごとを決める権利がある。悪いことをしようとしたら止めるけどね」

『よかった～。初めまして、犬型スライムアニマルのフェデルタっていいます。よろしくお願いします』

フォルセさんとウィルさんは、少し戸惑っているようだったが挨拶を返す。

「は、初めまして。私はフォルセという。こっちは息子のウィル。君たちと友達になりに来たんだ」

「俺はウィル。君たちの主――カイルの友達だ」

フェデルタが嬉しそうに言う。

『友達!?　いいよいいよ～！　わ～い、新しい友達だ～!!　主～、新しい友達が出来た～』

俺は嬉しそうにしているフェデルタの頭を撫でてやる。

「良かったな、フェデルタ。他の子たちにも話していいと伝えておくれ」

『わ～い!!　みんな～、お喋りしてもいいんだって～』

呆然とするフォルセさんとウィルさんをその場に残し、嬉しそうに尻尾をブンブンさせながら、フェデルタは他のスライムアニマルの方へ向かっていった。

ウィルさんとフォルセさんが詰め寄ってくる。

「カイル、あれは何だ!?　念話が使えるなんて聞いていないぞ！」

「自律式であるとは聞いていたが、自我まで持っているとはな。ウルカーシュ帝国で最高の腕を持つ錬金術師でも、ゴーレムにあんな複雑な動きはさせられないしな」

俺は勢い込んで聞いてくる二人に『まぁまぁ』と両手を突き出してから、言う。

「俺としては、持ちうる知識と技術を用いて、子供たちのために術式を組んだだけですよ」

しかしフォルセさんもウィルさんも不満そうにため息を吐く。

「……そんな簡単に言わないでくれよ」

「そうだ。錬金術について詳しくはないが、それでもこれに使われている魔術的な技術が、帝国の技術の先を行っているのは間違いない」

二人が俺の説明に渋い顔をして頭を抱えている。

エルフの里での錬金術の起こりは、帝国で錬金術が研究され始める千年以上前だ。

それを考えると、技術のレベルに隔《へだ》たりがあるのは仕方ない。

とはいえ、隠れ里の研究や技術に関する情報をみだりに伝えるのは良くないだろう。

俺は詳細をぼかしつつ、そういったあれこれを説明する。

だが、やはり二人の表情は晴れなかった。

俺は話題を変えることにする。

「それでフォルセさん、今回の視察の結果はどうなりそうですかね？」

「今回の視察が終わるまで処分は保留にしていた。視察が終わり次第もう一度商人と話し合いをして、当時の状況や経緯などを再度確認してから処分を決める予定だ。……とはいえリムリットやエマからの報告の内容と、こちらで集めた情報は完全に一致していたし、商人が責を問われることになるだろうがな。まぁそもそも商人らしく言語を以て交渉するならまだしも、武力を用いて強引にことを為そうとしている時点でどうなんだろうとは思っていたわけだが、案の定だな」

相手の商人がどんな奴かは知らないが、フォルセさんは簡単に騙《だま》されるような馬鹿じゃないし、一方的にどちらかが悪いと決めつける人じゃない。

それが改めて分かっただけで、俺としても安心だ。

「なら良かったです。あの子たちは無意味に暴力は振るいませんよ。基本的には温厚な性格の子ばかりですから」

フォルセさんとウィルさんは、子供たちや各宗教の司祭さんたちの周りに集まっているスライムアニマルたちを見て、頷いた。

そして、二人も実はスライムアニマルと関わってみたかったらしく、子供たちの所に歩いていった。

それと入れ替わるように、ウィクトルさんが近づいてくる。

改めて近くで見ると、放っている雰囲気や闘気が、ベレタート王やエルディルさんに匹敵するほどだと分かる。

武闘派の宗教で司祭の立場にいる人物ともなると、高い力量を持つ戦士でないと務まらないということなのだろうか。

ウィクトルさんは俺の傍に立ち、頬を少しだけ緩ませ、質問してくる。

「彼らの性格、というか人懐っこい所は、君がデザインしたのかね？」

「いいえ。俺は自我を芽生えさせただけですよ。あの子たちの性格や物の考え方は、ここでの暮らしによって育《はぐく》まれたものです」

子供たちだけでなく、エマさんやリムリットさんたちとの交流によって、スライムアニマルたちの心は大きく成長している。

言葉による意思疎通が出来なくとも、みんなの愛と優しさを一身に受けてきたことで、スライムアニマルたちも優しくて可愛らしい子たちに育ってくれたのだ。

「そうか。やはり、あれが彼らの素なのだな。人懐っこい子たちばかりで、ついつい頬が緩んでしまったよ」

ウィクトルさんは、スライムアニマルたちのことを優しい笑みを浮かべて見ながら、そう言う。

そこに、ミストラルが飛んでくる。

『主様〜、みんなと友達になれました〜！』

「おお、そうか。それは良かったな。友達は大事にするんだぞ」

『はい。ですが、今は主様の元で休みたいのです〜』

ミストラルはそう言うと、パタパタと翼を羽ばたかせて、俺の腕の中に顔を埋《うず》める。

ウィクトルさんはそんな光景を微笑ましそうに見ていた。

それからもウィクトルさんとの会話は続いた。

彼は、真剣に知りたいという態度を前面に出して聞いてくるので好感が持てる。下手に何かを隠して聞かれるよりは、直球で聞かれた方がこっちとしても気が楽だ。

どうやら彼は、スライムアニマルの戦闘力に興味があるらしい。

俺がスライムアニマルは上位の魔獣くらい強いのだと伝えると、ウィクトルさんは驚く。

「なるほど。そこまでの戦闘能力を有しているのならば、商人ではどうすることも出来んな。それがあれだけの数いると考えたら、腕に覚えのある私だって手を出そうとは考えられない」

「まぁここまでスライムアニマルが強いという噂が広まれば、他の商人だってそうそう手を出そうとは考えないでしょう」

ハッキリと言うと、ウィクトルさんもそれもそうだなと同意する。

「あの一件があったことで、良いことも悪いことも含めて様々な人々に知れ渡った。我々がここに視察に来ることになったのもそれが理由だからな。だが、現実が見えない愚か者はどこにでもいる。警戒は怠らない方がいい」

城塞都市メリオスの一部貴族が今回の件を聞きつけ、権力を使って子供たちからスライムアニマルを奪おうと画策しているのは、視察に備えた話し合いの場でリムリットさんから聞いた。

更に、メリオスで活動している教会の一部の者たちの中にも、スライムアニマルたちを私利私欲のために手に入れようとしている者は少なくないとか。

だが、それでもなお俺は勝手に動きやがれ、と思っている。

俺はあの子たちを生み出したあとに、何もせず放置するほど薄情ではない。

そんな俺の様子を見て、ウィクトルさんは苦笑する。

「……そういったことも含めて対策済みというわけか？　いらん世話だったな」

「まぁ手を出すような奴がいたとしたら、後悔することになるとだけ言っておきます。目新しいものを手元に置きたがる気持ちは分からなくはないですけどね」

「そんな欲望を抑えることが出来ない者が、我々聖職者の中にいることは、かなり考え物だがな……」

「ウィクトルさんはどうなんです？」

「確かに可愛らしくて欲しいとは思ったさ。だが、無理やり奪い取ろうなどという愚かな考えは抱かん。武力として生み出されているのならともかく、このスライムアニマルたちは、子供たちに安らぎを与えるための生き物で、危険から守るための盾なのだろう？」

そう言いつつも、ウィクトルさんは少し残念そうだ。

まぁこれだけ理解してくれる人ならば、スライムアニマルをあげてもいいかもしれないな、なんて思いつつ、俺は聞く。

「まぁ、そうですね……もしかしてウィクトルさん、本気でスライムアニマルが欲しいんですか？」

ウィクトルさんは少しだけ考えてから、口を開く。

「お願いしたいことがある」

「なんでしょう？」

「神殿の子供たちにも、同じようにスライムアニマルと遊ばせてやりたい」

そう言って、ウィクトルさんは頭を下げた。

そこから感じるのは、裏表なく子供を想う気持ち。

俺も、それに真っ直ぐに応えたいと思った。

「分かりました。そういうことであれば、協力させてください」

すると、そんなタイミングで他の教会の司祭たちもやってきた。

そのうちの一人が、「どんな話をしていたんですか？」と聞いてきたので、これまでの流れを伝える。

すると、各宗教の司祭も「自分たちの所にもいただけませんか!?」なんて言い始めた。

確かにウィクトルさんの神殿だけにスライムアニマルを寄贈するというのも不公平な話だし、多くの子供たちが幸せになれるならその方が良いか。

なんて考え、教会や神殿へ順番に伺い、その際に契約を交わすということでその場を収める。

当然だが、各宗教が問題を起こした際にはスライムアニマルを返してもらうが、文句は言わないし言わせないという条件はこの場で呑ませた。

そんなこんなで視察は終了——ではなく、最後に晩餐会がある。

これは元々エマさんたちと話し合って決めていたことだ。

最後に美味しい食べ物を食べてもらえばいい印象で視察が終わるのではないか、という姑息《こそく》な手である。

視察に訪れた全員が、振る舞われた料理の美味しさに満足してくれた。

とはいえ、それもあまり意味はなかったかもしれない。

皆さん、今回の事件の実地調査という建前でスライムアニマルを見に来たようなもの、らしい。

スライムアニマルの可愛さに癒され、美味しい食事に満足し、ほくほくした顔で孤児院を後にしていった。

こうして視察は無事に終わった。

しかし、視察に訪れた各教会の関係者が帰った後に、フォルセさんとウィルさんが「家《うち》にもスライムアニマルをくれないか」と強請《ねだ》ってきた。

必死になってお願いしてくる二人は、少しだけ鬱陶しかったが……これからスライムアニマルのために仕事をしてくれるのだと考えたらぞんざいに扱うわけにもいかないので、時間をかけてやんわりと断る俺だった。

……フォルセさんもウィルさんも、さっきまではキリッとしたデキる領主と息子だったのに。

孤児院を後にした二人の乗る馬車を見送りながら、俺は大きなため息を吐くのだった。

まだまだ油断は出来ないが、スライムアニマルたちに関する問題はこれで一段落した。

だがウィクトルさんが言っていたように、スライムアニマルたちは良い意味でも悪い意味でも更に注目されていくことだろう。メリオスから他の都市、帝国の中心である帝都へと伝わっていき、ウルカーシュ帝国全土へと噂が広まるであろうことは、想像に難くない。

そうなると、メリオスに住む一部貴族たち、各宗派の教会関係者、強い力や影響力を持つ商人と、様々な者たちからスライムアニマルたちが狙われ続ける可能性だってあるわけだ。

スライムアニマルは、戦闘能力は非常に高いが戦闘経験は少ない。子供やスライムアニマルを狙ってくる相手の中に、《月華の剣》や兄さんと同等の腕を持つ戦士や魔術師がいたら、子供たちを完璧に守り抜くことはおろか、自分の身を守り抜くことも難しい。

これからは、スライムアニマルだけに子供の守護を任せるのではなく、俺も積極的に動いていこう。エマさんやリムリットさん、ダモナ教の皆さん、姉さんたちや兄さんにも協力してもらい、子供だけではなくスライムアニマルも守り抜くことが出来る態勢を整えなくては。

そう思いながら孤児院を出て、寄り道することなく兄さんの屋敷への帰路に就いた。

ウルカーシュ帝国全土を明るく照らしていた太陽が、薄暗い雲に隠されようとしているのに気付くことなく。

The Record by an Old Guy in the world of Virtual Reality Massively Multiplayer Online
とあるおっさんのVRMMO活動記
椎名ほわほわ
Shiina Howahowa
1〜27
アルファポリス 第6回 ファンタジー小説大賞 読者賞受賞作!!
累計150万部突破の大人気作
(電子含む)
ついに TV アニメ化 決定!!!
コミックス 1〜10巻 好評発売中!
超自由度を誇る新型VRMMO「ワンモア・フリーライフ・オンライン」の世界にログインした、フツーのゲーム好き会社員・田《た》中《なか》大《だい》地《ち》。モンスター退治に全力で挑むもよし、気ままに冒険するもよしのその世界で彼が選んだのは、使えないと評判のスキルを究める地味プレイだった!
――冴えないおっさん、VRMMOファンタジーで今日も我が道を行く!
1〜27巻 好評発売中!
各定価：1320円(10%税込)　illustration：ヤマーダ
現実じゃ冴えない会社員でもVRMMOの中では名うてのスキル職人!?
ネットで人気爆発!
冴えないおっさんのほのぼのVRMMOファンタジー!
第6回アルファポリスファンタジー小説大賞読者賞受賞作、待望の書籍化!
現実じゃ冴えないおっさんが料理生産から冒険までVRMMOで大活躍!!
大人気ファンタジー待望のコミカライズ!!
シリーズ累計18万部!!
漫　画：六堂秀哉　B6判
各定価：748円(10%税込)
アルファポリスHPにて大好評連載中!
アルファポリス 漫画
検索

追放された神官、【神力】で虐げられた人々を救います！
女神いわく、
祈る人が増えた分だけ
万能になるそうです
著 Saida《サイダ》
万能な【神力】で、捨てられた街を理想郷に!?
俺だけに見える女神と\マイペース/救済生活はじめます！
教会都市パルムの神学校を卒業した後、貴族の嫉妬で、街はずれの教会に追いやられてしまったアルフ。途方に暮れる彼の前に現れたのは、赴任先の教会にいたリアヌンという女神だった。アルフは神の声が聞こえるスキル「預言者」を使って、リアヌンと仲良くなると、祈りや善行の数だけ貯まる「神力」で様々なスキルを使えるようにしてもらい——お人好しな神官アルフと街外れの愉快な仲間との温かな教会ぐらしが始まる！
◎定価：1320円（10%税込）　◎ISBN 978-4-434-31920-4　◎illustration：かわすみ

◉定価:1320円(10%税込)　ISBN 978-4-434-32044-6　◉illustration:華山ゆかり

狙って追放された
創聖魔法使いは
異世界を謳歌する
Author
マーラッシュ
アルファポリス
第15回
ファンタジー小説大賞
爽快バトル賞
受賞作!!
我がまま勇者には
うんざりだ!!
わざと追放されてやる!
万能の創聖魔法を覚えた
「元勇者パーティー最弱」の世直し旅！

狙って追放された
創聖魔法使いは
異世界を謳歌する
Author
マーラッシュ
我がまま勇者には
うんざりだ!!
わざと追放されてやる!
万能の創聖魔法を覚えた
「元勇者パーティー最弱」の世直し旅！
アルファポリス第15回ファンタジー小説大賞「爽快バトル賞」受賞作！

この作品に対する皆様のご意見・ご感想をお待ちしております。

おハガキ・お手紙は以下の宛先にお送りください。

【宛先】

〒150-6008 東京都渋谷区恵比寿4-20-3 恵比寿ガーデンプレイスタワー8F
(株) アルファポリス　書籍感想係

メールフォームでのご意見・ご感想は右のＱＲコードから、
あるいは以下のワードで検索をかけてください。

アルファポリス　書籍の感想　検索

ご感想はこちらから

本書はWebサイト「アルファポリス」(https://www.alphapolis.co.jp/) に投稿されたものを、
改題・改稿、加筆のうえ、書籍化したものです。

引《ひ》きこもり転生《てんせい》エルフ、仕方《しかた》なく旅《たび》に出《で》る2

Greis (グライス)

2023年 5月31日初版発行

編集－若山大朗・今井太一・宮田可南子
編集長－太田鉄平
発行者－梶本雄介
発行所－株式会社アルファポリス
〒150-6008 東京都渋谷区恵比寿4-20-3 恵比寿ガーデンプレイスタワー8F
TEL 03-6277-1601 (営業)　03-6277-1602 (編集)
URL https://www.alphapolis.co.jp/
発売元－株式会社星雲社 (共同出版社・流通責任出版社)
〒112-0005 東京都文京区水道1-3-30
TEL 03-3868-3275
装丁・本文イラスト－Genyaky
装丁デザイン－AFTERGLOW
印刷－図書印刷株式会社

価格はカバーに表示されてあります。

落丁乱丁の場合はアルファポリスまでご連絡ください。

送料は小社負担でお取り替えします。


ISBN978-4-434-32042-2 C0093